Weltenpfötche

von

Lana vom Wiesengrund

Wiesengrund Verlag

Für

Uwe & Yvi

Prolog

Flammen schlugen in den nächtlichen Himmel, als wollten sie nach den Sternen greifen und diese ebenso vernichten, wie die große Burg. Menschen rannten schreiend davon, nicht jeder konnte sich vor der Höllenglut retten. Ein lautes Grollen war zu hören, das keinen natürlichen Ursprung hatte. Der Grundelig, das Böse in Person, schlich durch brennende Flure, auf der Suche nach dem Kater Lucifer, der ihm einen tiefen Riss in seinem Ohr verpasst hatte. Selbst wie ein Kater aussehend, aber dreimal so groß wie Lucifer hatte der Grundelig den Untergang der Burg im verzauberten Tal eingeläutet. Nun würde er die letzten Reste des Guten in der Alten Welt zerstören.

Aber Lucifer war nicht auffindbar. Er brachte seine Freunde in Sicherheit und zeigte den Menschen den Weg über die Siebenberge in das Namenlosertal. Hinter den Bergen lag der Spiegelsee, das Tor in die Neue Welt, weit weg vom Grundelig.

Als er seine Aufgabe erfüllt hatte, kam er zur brennenden Burg zurück. Er konnte nicht gehen und die Welt im Stich lassen. Und nur vier weitere Katzen blieben in der Alten Welt, um den Grundelig zu verjagen. Es war ein harter Kampf, doch die Schlacht war siegreich. Aber der Grundelig war nicht besiegt, denn er hatte das Nichts auf den Plan gerufen und zog sich nur vorläufig zurück. Das Nichts breitete sich leise und versteckt bereits über einen Teil der Alten Welt aus.

Vier Katzen

Lucifer sah auf. »Du bist zu spät, Gnädigste«, ermahnte der schwarze Kater die edle Siamkatze Maggie und maß sie mit einem kühlen Blick. »Die Sonne ist bereits untergegangen, und du weißt, dass du nachts nicht allein unterwegs sein sollst.«
Maggie lief galant an dem Kater vorbei. Mit ihrem Schwanz strich sie sanft unter Lucifers Kinn, als könnte sie ihn auf diese Weise besänftigen. Dies funktionierte bei jedem anderen Kater, aber nicht bei ihm. Dennoch gab sie nicht auf und präsentierte ihm ihr seidig braunes Fell.
»Dein Fell leuchtet nicht. Deine Avancen würden nur bei Tageslicht einen Sinn ergeben, meine Teure. Nun ist es dunkel, und nur die Glühwürmchen erhellen ein wenig die Nacht.«
Lucifers Augen blitzten auf. Maggie stellte das Zurschaustellen ein und setzte sich auf den Boden.
»Es ist schon lange her, dass der Grundelig einen Fuß hierher gesetzt hat, verehrter Herr Lucifer«, erwiderte Maggie und putzte ihr Fell. »Ich glaube nicht, dass er zurückkommen wird.«
»Er hat die Burg der Menschen zerstört«, sagte Lucifer mahnend. »Vielleicht versucht er, zurückzukehren.«
»Seit wann hegst du solche Befürchtungen?«`, wollte Maggie verwundert wissen. »Vor ein paar Wochen hast du anders gesprochen.«
»Die Sterne verschwinden am Himmel«, sprach der Anführer der Katzen mehr zu sich selbst als zu Maggie. »So begann es auch damals, als der Grundelig das Flammeninferno schickte.« Dann sah er die Siamkatze an und es schien ihr, als erwache er aus einem Traum. Er schüttelte den Kopf und neue Zuversicht stand in seinem Blick.

»Ich werde bestimmt alt, darum diese Gedanken«, erklärte er und nickte. »Wir sind sicher, meine Liebe.« *Vorerst*, fügte er in Gedanken hinzu. »Das ändert aber nichts an der Tatsache, dass es hier gefährlich sein kann. Große Raubtiere wurden gesehen, die gern eine Katze zum Frühstück verspeisen würden.«

»Diese großen Raubtiere, von denen du sprichst, gab es schon immer«, widersprach Maggie.

Lucifer wollte etwas erwidern, doch dann vernahm er ein Geräusch. Er lief an Maggie vorbei und schaute in die Dunkelheit. Seine Ohren hatten etwas vernommen, dass nur ein bestimmter Kater verursachen konnte. Seine Augen vermochten die Nacht gut zu durchdringen, und er erkannte Umrisse und Bewegungen. Stolpernd kam jemand auf ihn zu, hüpfte dann auf und ab, blieb an einer Wurzel hängen und fiel hin.

»Autsch«, hörte nun auch Maggie und sah auf. Ihre Augen verfügten nicht über dieselbe Sehkraft wie die von Lucifer, doch ihre Ohren waren mindestens genauso gut, und so erkannte sie nicht nur die Richtung, aus der das Geräusch gekommen war, sondern auch die Stimme.

»Oscar«, sagten beide Katzen wie aus einem Mund. Dieses tollpatschige Verhalten konnte nur der zweite Kater in Lucifers Gruppe an den Tag legen.

»Wo ist sie nur?«, rief Oscar verwundert.

Er rannte auf die beiden Katzen zu. In der Nacht waren von seinem schwarz-weißen Fell nur die hellen Tupfen zu erkennen. Für ein ungeübtes Auge würde dies recht merkwürdig aussehen, aber nicht für die beiden Katzen. Oscar blieb schlitternd vor Lucifer stehen. »Meine Maus ist weg!«, sagte er völlig außer Atem. »Hast du meine Maus gesehen? Gerade war sie noch da.«

Maggie sah zu Boden und unterdrückte nur mühsam einen Lachanfall. Lucifer sah Oscar ruhig an und fragte ihn, wo wohl die Maus sein könnte. »Überlege doch einmal.«

»Also gerade hatte ich sie noch im Maul. Dann aber kam diese gemeine Wurzel und stellte mir ein Bein. Ich fiel hin, die Maus war frei und lief davon.«

Er sah nach rechts, dann nach links. Auch ein Blick unter seine Füße oder hinter seinen Schwanz brachten die Maus nicht zurück.

»Sie sitzt auf deinem Kopf, du Dummkopf«, löste die vierte Katze das Rätsel auf.

Yvi trat hinter einen Strauch hervor. Ihr Fell hatte eine rötliche Färbung mit zarten blonden Streifen.

»Du bist genauso zu spät wie die drei anderen«, ermahnte Lucifer sie und sah in ihre Richtung.

Die rote Katze ging an ihm vorbei und ignorierte seinen fragenden Blick. Oscar schielte derweil nach oben, um die Maus auf seinem Kopf zu sehen. Er kam nicht auf die Idee, sein Spielzeug einfach von seinem Kopf zu pflücken.

Yvi blieb vor Oscar stehen. »Na, Maus, hattest du deinen Spaß?«, wollte sie wissen und legte den Kopf schräg. Ihr seidiges Fell leuchtete im Glanz der Glühwürmchen auf, die in immer größerer Anzahl um die Katzen herumflogen.

»Er hat angefangen«, piepste die Maus und sprang vom Kopf des Katers. »Wer so dumm ist, muss sich nicht wundern, wenn ihm die Mäuse auf dem Kopf herum tanzen.«

Sie streckte der Katze die Zunge heraus und verschwand im Dunkel der Nacht. Yvi sah ihr nach und überlegte kurz, ob sie der Maus folgen sollte. Doch sie entschied sich dagegen, denn es würde nichts bringen.

»Nun ist die Maus fort«, erkannte Oscar und berührte mit der rechten Pfote seinen Kopf. Er wirkte traurig und schniefte leicht.

»Werte Damen und Herren«, rief Lucifer laut und sicherte sich so die Aufmerksamkeit der Katzen. »Wir hatten eine Vereinbarung getroffen ...«

»Du hattest einen Befehl erteilt«, unterbrach ihn Maggie und begann erneut, ihr Fell zu säubern.
»... bei der es darum ging, wie wir uns aufgrund der Gefahr, die von dem Grundelig ausgeht, verhalten werden«, setzte Lucifer seine Ausführungen unbeirrt fort.
»Der war seit Jahren nicht mehr hier«, hielt Maggie dagegen. »Also spiel dich nicht so auf, Lucifer!«
»Ich denke, Maggie hat Recht«, sagte nun Yvi und nickte ihrer Freundin zu. »Du hast diesen Kater erfolgreich verjagt, und ich bin sicher, dass er unser Revier verlassen hat.«
»Du willst doch nur am Spiegelsee dein Spiegelbild angucken«, sagte Oscar und umkreiste die rote Katze. »Ich habe neulich gesehen, wie du aus der Richtung gekommen bist. Bist ganz schön eitel geworden, du Guckenglucke.«
»Ich, was?«, wollte Yvi erbost wissen.
»Du bist aber nicht schöner als ich«, warf Maggie ein und stand auf. Sie stolzierte wie eine elegante Dame zwischen den Katzen umher und hob ihr Schnäuzchen empor.
»Das sage ich auch gar nicht«, widersprach Yvi vehement.
»Und was machst du dann am Spiegelsee?«, wollte Maggie wissen und blieb nur wenige Schritte vor ihr stehen. Ihre blauen Augen leuchteten gefährlich auf. Leicht hob sie eine Pfote an, fuhr ihre Krallen aus und ...
»Halt!«, rief Lucifer und drängte sich zwischen die Katzen.
»Flittchen«, zischte Yvi.
»Glucke«, erwiderte Maggie.
»Katzenkrallenkampf«, freute sich Oscar und sprang jubelnd auf.
»Ihr hört sofort auf!«, schrie Lucifer. Er erhob selten seine Stimme, aber jetzt war es notwendig.
Beide Katzen sahen ihn an. Maggie zog ihre Krallen ein und ging einige Schritte davon.

»Was machst du am Spiegelsee?«, wollte nun auch Lucifer von Yvi wissen. »Der See liegt im Namenlosertal, hinter den Siebenbergen. Dort darfst du nicht hin. Es ist viel zu gefährlich.«
»Ich bin dir keine Rechenschaft schuldig«, sagte sie darauf und drehte den Kopf weg.
Sie wollte dem selbst ernannten Anführer der Katzengruppe nicht verraten, was sie Tag für Tag an den Spiegelsee führte. Heute hatte sie die Zeit vergessen und war deshalb erst nach Anbruch der Nacht zurückgekehrt.
Lucifer beobachtete sie einige Augenblicke. Er machte sich Sorgen um Yvi, denn sie hatte in letzter Zeit an Gewicht verloren, und streifte kaum noch durch das Revier. Er würde herausfinden, warum sie gegen sein Verbot verstieß. Und er würde sie beschützen.
»Ich habe das Namenlosertal nicht verwünscht, werte Yvi«, versuchte Lucifer seine Frage zu erklären. »Es ist gefährlich dort. Der Wind riecht eigenartig, dass Gras ist nicht mehr so grün und immer mehr Bäume sterben ab. Viele Katzen, die den Spiegelsee aufgesucht haben, sind nie wieder zurückgekehrt. Bitte bedenke dies, wenn du dorthin gehst.«
Yvi nickte, konnte ihm aber nicht in die Augen sehen. Sie wusste um die Gefahr, aber sie musste einfach zum Spiegelsee und dort betrachten, was den anderen verschlossen blieb.
»Das Luftschweinchen meldete mir, dass es der Grundelig hinter den Siebenbergen im Namenlosertal gesehen hat«, nahm Lucifer den Faden wieder auf. »Ein anderer Bewohner bestätigte dies und meinte, der Kater sei wohl noch größer und bösartiger geworden.«
»Wer sagt das?«, wollte Maggie wissen.
»Das hat mir Stena verraten«, antwortete Lucifer nach einigen Herzschlägen. Er wusste, was Maggie daraufhin sagen würde und sollte auch Recht behalten.

»Das Schwein im Ei?«, wollte sie verwundert wissen und sah vor ihrem geistigen Auge Stena.
Sie war gerade einmal so groß wie eine Katze und hatte ein weiches Fell, dass rosa war. Ansonsten hatte sie die typische Steckdosennase und den Kringelschwanz. Und sie saß in einer Hälfte eines Ostereis, das gerade groß genug für sie war. Gern stülpte sie sich die zweite Hälfte über und rollte durch das Land.
»Wenn ein Schwein in ein Osterei kriecht und nicht mehr heraus kommt, dann kann man schon an dem Verstand dieses Tieres zweifeln, oder nicht?« Sie sah zu Yvi, um Beistand zu erheischen. »Oder nicht?!«
»Jedem das seine«, sagte diese darauf ausweichend. »Schwein im Ei, Hahn auf Esel, Maus auf Katze, Spinne mit Socken ... Hier ist doch alles möglich.«
»Du bist nicht zu belehren«, sagte Maggie darauf und wandte sich Lucifer zu. »Ich denke, dass der Grundelig nicht zu uns kommen wird, selbst wenn er hinter den Siebenbergen gesehen wurde.«
Bevor Lucifer etwas darauf erwidern konnte, ging Maggie davon. Sie war schnell in der Dunkelheit verschwunden. Schweigen breitete sich aus, das unangenehm wurde.
»Ich suche mal die Maus«, sagte Oscar nach einiger Zeit. »Mit der habe ich noch ein Hühnchen zu rupfen.« Er sprang miauend davon.
»Pass auf die Wurzeln ...«, wollte ihn Yvi warnen, doch es war zu spät.
»Autsch«, hörte sie, dann ein Fauchen. »Du blöde Wurzel hast mir das letzte Mal ein Bein gestellt.«
»Du hast doch vier Beine«, piepste plötzlich die Maus, welche Oscar entwischt war. »Da solltest du doch gar nicht hinfallen können, hihi. Komm und fang mich.«
»Dich kriege ich«, prophezeite Oscar und rannte los.

Immer wieder war ein Schmerzenslaut zu hören. Oscar konnte von allen vier Katzen am schlechtesten in der Nacht sehen. Dennoch ging er bei Dunkelheit auf die Jagd und stieß ständig gegen ein Hindernis.
»Die Mäuse verspotten ihn. Und das zurecht«, seufzte Lucifer und sah Yvi an.
»Meine Teure, was bedrückt dich?«, wollte er wissen und ging einen Schritt auf sie zu.
»Das würdest du nicht verstehen«, sagte die Katze, drehte sich um und rannte in die Dunkelheit.
»Sollen wir ihr folgen?«, wollte ein Glühwürmchen wissen.
Lucifer überlegte, doch dann schüttelte er den Kopf. »Nein, lasst sie in Ruhe. Sie wird es mir eines Tages sagen, was sie bedrückt.«

Die Wiese auf der Burg

Nach einem nächtlichen Rundgang begab sich Lucifer zu seiner Schlafstätte. Maggie und Oscar lagen bereits auf weichem Moos und schliefen. Er sah sich um, konnte aber Yvi nirgends entdecken. So legte er sich hin und schloss die Augen.

Die Zeit verging und die Nacht schwebte mit ruhigen Schritten voran. Kurz bevor die Dämmerung Einzug hielt, hörte er etwas. Seine Ohren zuckten in die Richtung, aus der das Geräusch kam. Er erkannte Schritte, und wusste aufgrund der typischen Bewegung, wer sich ihm näherte.

»Es ist schön, dass du den Weg zu uns gefunden hast«, flüsterte er und öffnete träge ein Auge.

Yvi lächelte ihm zu, legte sich hin und kuschelte sich an Maggies Rücken. Wenig später war sie eingeschlafen und träumte vom Spiegelsee. Nun waren alle vier Katzen wieder vereint, und das beruhigte Lucifer sehr.

Ein Grollen war jenseits der Siebenberge zu hören. Das Namenlosertal erzitterte, die Sterne zogen sich ängstlich am Himmel zurück. Der Mann im Mond schaltete das Licht aus, um nicht das Böse anzuziehen. Es war still, als wäre jegliches Leben von diesem Ort gewichen. Nichts war zu hören, denn es wäre niemand da gewesen, der hätte etwas hören können. Das Nichts kroch voran und wollte seine schwarzen Fänge nach den Siebenbergen ausbreiten, aber da kam ein Licht herbei, das die Dunkelheit zurückdrängte. Der Grundelig, dessen Augen unheilvoll aus dem Nichts leuchteten, schrie wütend auf.

Lucifer schreckte aus seinem Schlaf hoch. Der Lebensbaum, der in der Mitte des Hochtals stand und hell seine riesigen Äste über den Wald ausbreitete, leuchtete grell auf und schickte einen Strahl zu den Siebenbergen.
Dann war es vorbei. Das Nichts zog sich zurück, das Leben kehrte in das Namenlosertal zurück. Das Leuchten um den Lebensbaum nahm ab und bald ruhte er mit einem sanften Glimmern im Wald.
Der Kater legte sich wieder hin. Er war so müde und schlief bald ein. In seinem Traum sah er das Nichts näher kommen. Zwar würde der Lebensbaum ihnen helfen, aber seine Kraft war nicht mehr so allumfassend, wie vor ein paar Jahren. Doch das wollte und konnte Lucifer nicht glauben.
»Das ist nur ein schlechter Traum«, murmelte er und vergaß bald den Angriff des Grundeligs.

Der Tag begrüßte die Gruppe mit einem rot-goldenen Sonnenaufgang. Yvi öffnete die Augen und sah müde auf die leeren Schlafplätze. Sie drehte sich um und erkannte die anderen Katzen, die auf einer Steinmauer saßen und der Sonne bei ihrer Wanderung zusahen.
Langsam stand Yvi auf, reckte sich und gähnte herzhaft. Dann lief sie auf die Mauer zu, sprang hinauf und setze sich neben Maggie. Diese schielte zu ihr hinüber, ihre Schnurrhaare zuckten etwas. Yvi lehnte ihren Kopf an die Schulter von Maggie.
»Es tut mir leid«, flüsterte sie.
»Mir auch«, erwiderte Maggie und lächelte leicht. »Schau, heute gibt sich die Sonne ganz besonders viel Mühe.«
Yvi wandte den Blick zum Horizont und staunte. Sie würde sich wohl nie an diesen atemberaubenden Anblick gewöhnen können. Die Sonne schickte ihre Strahlen sanft auf die Erde, strich über die Grashalme und weckte jeden einzelnen Tautropfen. Als sie

die Katzen erreichte, schlossen diese wohlig die Augen. Wärme durchflutete sie, ein erregendes Kribbeln durchdrang ihre Körper. Das Fell Yvis leuchtete rot auf, als würde es in Flammen stehen. In Maggies Fell schienen die Himmelskristalle gefallen zu sein, denn es glitzerte in verschiedenen Brauntönen. Lucifer hatte die Vorderpfoten eingezogen und sich so hingesetzt, dass sein weißes Lätzchen auf der Brust nicht zu sehen war. Er wirkte wie die Nacht, die sich verstohlen an die Seite des Tages gemogelt hatte. Die Sonne erreichte ihn, aber ihre Strahlen wurden von seinem Fell aufgesogen.
Nur Oscar konnte sich dem Zauber des Sonnenaufgangs nicht hingeben. Er balancierte auf der Mauer und jagte einen Schmetterling, der ihm auf der Nase saß. Immer wieder versuchte er, diesen einzuholen und aus der Luft zu fangen, aber es misslang ständig, und als das Ende der Mauer erreicht war, hatten seine Pfoten keinen Halt mehr und er fiel hinunter.
»Autsch«, sagte er zerknirscht und sah nach oben. Ob jemand seinen ungewollten Absturz gesehen hatte? Aber alle drei Katzen hatten noch die Augen geschlossen. »Puh, das wäre peinlich geworden.«
»Das hat jeder hier gesehen«, sagte plötzlich der gelbe Zitronenfalter, den er fangen wollte. Er saß immer noch auf der Nase Oscars und lächelte ihn an. »Es macht Spaß, mit dir zu spielen. Bis später.«
Der Zitronenfalter flog davon und Oscar sah ihm sehnsüchtig nach. Er seufzte und lief zwischen den Resten einer einst prächtigen Burg umher. Oscar kannte die Burg, als sie noch keine Ruine gewesen war. Trutzig hatte sie auf dem größten Hügel des Landes gethront und einen Blick über die weite Welt preisgegeben. Er hatte immer gern auf dem höchsten Turm gesessen und die Tiere im Wald beobachtet. Das war nun schon viele Jahre her. Die Burg war zerstört worden von Neid, Missgunst und Hass.

Es waren Menschen gewesen, die hier gebaut, gelebt, geliebt und gehasst hatten. Etwas war passiert und plötzlich hatte die Burg in Flammen gestanden. Der Grundelig war gekommen, angezogen vom Bösen, dass sich zwischen den Burgmauern über Jahre hinweg entfalten konnte.
Die Menschen waren in das Namenlosertal geflüchtet, und mit ihnen viele Katzen. Darunter waren etliche Freunde von Oscar gewesen. Alle waren sie gegangen, alle außer Lucifer, Maggie, Yvi und ihm. Seine Freunde waren zum Spiegelsee gelaufen und dann für immer verschwunden.
»Für immer verschwunden«, erinnerte sich Oscar traurig.
»Denkst du an deine Lily?«, wollte Yvi wissen und kam langsam auf ihn zu. Die Sonne hatte ihren Aufgang spektakulär zelebriert und stand groß und hell am Himmel. Die anderen Katzen waren wieder unterwegs, und so war Oscar mit Yvi allein.
Er nickte. »Sie fehlt mir sehr. Jeden Sonnenaufgang habe ich mit ihr angeschaut. Ihr weißes Fell leuchtete so hell wie Schnee, und in ihren grünen Augen wollte ich am liebsten versinken.«
Oscar war nun gar nicht mehr der dumme und tollpatschige Kater, für den er sich sonst ausgab. Er sprach so liebevoll und traurig von Lily, dass Yvis Herz schmerzte.
»Es war ihre Entscheidung, zum Spiegelsee zu gehen. Ich habe sie gewarnt. Doch nun komm, ich muss diesen verfluchten Schmetterling suchen. Und die Maus und die Ratten. Blöde Viecher allesamt. Tanzen mir einfach auf der Nase herum.«
Oscar setzte seinen leicht dümmlichen Gesichtsausdruck wieder auf, schielte und lächelte schief.
Yvi schüttelte den Kopf. Der Verlust Lilys war für Oscar nur durch seinen Auftritt als trotteliger Kater zu ertragen. Schon rannte er los, sprang dann über einen Stein und lief Kreise auf der Wiese, um seinen eigenen Schwanz zu jagen.

Die rote Katze folgte ihm. Das letzte Zeugnis der großen Burg war eine Wiese, umgeben von halb eingefallenen Mauern. Diese ›Wiese auf der Burg‹, wie sie schon von den Menschen genannt wurde, war einst der Mittelpunkt der Anlage gewesen. Hier hatten viele Feierlichkeiten stattgefunden und die flauschig wauschigen Blumen wuchsen nur an dieser Stelle. Die Blumen sahen aus wie Tulpen, waren allerdings mit einem samtig weichen Fell überzogen und leuchteten in den unterschiedlichsten Farben.

Yvi wusste, wohin die Menschen verschwunden waren und machte sich auf den Weg. Der Spiegelsee hatte es ihr verraten. Jeden Tag saß sie am See, schaute auf die Wasseroberfläche und beobachtete die Menschen, die nun an einem anderen Ort, einer anderen Welt lebten. Darunter war auch ein ganz besonderer Mensch, der nicht zerstörte wie seine Artgenossen, sondern aufbaute. Ihn mochte Yvi sehr, aber das durfte keine Katze wissen.

Gefahr am Spiegelsee

Es wurde bereits dunkel, als Yvi noch immer am Spiegelsee saß und den Mann beobachtete, der sich auf der Wasseroberfläche abbildete. Sie sah wie durch ein Fenster in eine andere Welt - die Neue Welt. So hatte einmal Lucifer diesen Ort genannt. Aber sie wusste, dass es andersherum nicht möglich war, denn der Mann auf der anderen Seite hatte manches Mal in ihre Richtung geschaut, ohne sie zu erkennen.

Plötzlich hörte sie ein Rascheln hinter sich. Sie wirbelte herum, fuhr ihre Krallen aus und lauschte. Da war etwas, oder jemand, der sie beobachtet hatte. Sie hatte seine Blicke auf ihrem Rücken gespürt. Da musste jemand gewesen sein!

Mit angehaltenem Atem versuchte sie, die normalen Umgebungsgeräusche auszublenden. Es gelang ihr auch sehr gut, denn viel war nicht zu hören. Der Wind hatte sich gelegt, die Vögel waren verstummt. Selbst die Bienen summten nicht mehr ihr Lied. Es war totenstill.

Die Dämmerung brach bereits herein, aber sie konnte dennoch ihre Umgebung gut erkennen. Bewegte sich nicht etwas hinter dem Strauch? Waren dies andere Bewohner der Alten Welt oder war das etwa ... der Grundelig?.

Ein Geruch von verwesendem Fleisch drang ihr plötzlich in die Nase. Dieser Geruch war ihr nur zu gut bekannt. Mit ihm kamen Hass, Verzweiflung und Angst. Und zum Schluss der Grundelig, der den Untergang der einstigen Burg der Alten Welt eingeläutet hatte.

Yvi wollte bereits die Flucht ergreifen, als die Welt zu sich zurückfand. Mit einem Schlag waren die Geräusche wieder da, der üble Geruch verschwunden und der Wind strich sanft über ihr rotes

Fell. Die Katze atmete die frische Luft ein und spürte die belebende Wirkung, als würde das Leben an den Ort zurückkehren. Ihre Angst ließ nach und bald war sich Yvi sicher, wieder allein zu sein. Sie wollte bereits nach Hause zurückkehren, als ihr Blick auf den Spiegelsee fiel. Dort, auf der leuchtenden Wasseroberfläche, war ein Mann zu sehen, den sie bereits gut kannte.
Er war groß, hatte langes Haar und einen leichten Kullerbauch. Sein Humor war so schwarz wie seine Haare und er arbeitete von früh bis spät. Fast täglich sah ihn Yvi in einem alten Haus werkeln, wo er Wände zu Fall brachte, Böden aufhackte und Decken abriss. Sie wunderte sich erneut, warum er das kleine alte Haus so sehr beschädigte, dass es bald zusammenbrechen musste. Wusste er denn nicht, dass ein Haus eine Seele haben konnte? Wusste er denn nicht, dass alte Häuser Geschichten erzählten, die sich zwischen ihren Wänden einst zugetragen hatten? Yvi konnte sich noch gut daran erinnern, wie die Burg auf dem Hügel aufgeschrien hatte, als das Feuer ihr Innerstes zerstörte.
»Weißt du das denn nicht?«, fragte sie das Spiegelbild laut und bekam tatsächlich eine Antwort.
Der Mann sah plötzlich auf und genau in ihre Richtung. Er sah zuerst durch sie hindurch. Doch dann fixierte sich sein Blick auf Yvi und er richtete sich auf. Die Schippe fiel ihm aus der Hand und er beugte sich leicht vor.
»Wo kommst du denn her?«, fragte er verwundert. Er hob seine rechte Hand und führte diese direkt in Yvis Richtung.
»Du kannst mich sehen?«, wollte sie wissen und wich einen Schritt vom Spiegelsee zurück.
»Ja, natürlich, du hübsche Katze«, antwortete der Mann. Doch dann verharrte seine Hand, er richtete sich wieder auf und kratzte sich am Kopf. »Wieso verstehe ich dich? Du bist eine Katze, die knappe zwei Meter über den Boden schwebt.«

Er nahm eine Malzbierflasche in die Hand, die neben ihm auf einem Tisch stand, und sah sich das Etikett genauer an. »Da ist doch gar kein Alkohol drin. Wieso habe ich dann Halluzinationen?«
Yvis pelziges Gesicht verzog sich zu einem Grinsen. »Du hast keine Halluzinationen, sondern bist bei klarem Verstand«, erklärte sie und freute sich über seinen verdutzten Blick.
»Gefällt mir, diese Hallu. Wer bist du denn?« Er nahm auf einem Gartenstuhl Platz. Auch in der Neuen Welt war die Nacht hereingebrochen, so dass der Mann ein Feuer in einer Feuerschale entzündet hatte.
»Warum sollte ich mich vorstellen?«, wollte Yvi verwundert wissen. »Fang du doch an.«
Der Mann legte den Kopf schräg, nickte aber schließlich. »Ich bin Uwe aus Wiesenburg.«
»Du lebst auf einer Burg?«, hakte Yvi nach, aber Uwe schüttelte den Kopf.
»Hier gibt es zwar ein Schloss, aber keine Burg. Ich glaube, den Leuten fiel kein besserer Name ein, darum nannten sie den Ort einfach nur Wiesenburg«, erklärte Uwe. »Und wer bist nun du?«
Eine Weile überlegte die Katze, ob sie ihren Namen verraten sollte. Uwe sah sie mit seinen braunen Augen an, in denen sich die Natur widerspiegelte - und Yvi.
Das war nicht möglich. Da konnte nicht möglich sein! Plötzlich bekam sie Angst. Was tat sie hier eigentlich? Wieso unterhielt sie sich mit einem Menschen aus der Neuen Welt? Sie sprang vom Ufer des Spiegelsees weg und rannte davon.
»Warte«, hörte sie Uwe rufen. »Komm zurück, hübsche Hallu!«
Yvi hörte nicht auf ihn. Sie rannte so schnell sie ihre Beine tragen konnten. Dabei nutzte sie einen großen Pfad der Mäuse durch den Berg hindurch und musste so nicht die Siebenberge überwinden. Magie war dabei im Spiel, denn Zeit und Raum galten nicht im

Inneren dieser Berge, und so legte Yvi eine große Distanz binnen Minuten zurück.
Als sie den Tunnel verließ, leuchteten die Sterne bereits vom Firmament. »Ich muss mich beeilen«, feuerte Yvi sich an.
»Bevor ich dein Fernbleiben bemerke?«, wollte Lucifer wissen und trat aus der Dunkelheit ins Mondlicht. »Das Luftschweinchen meldete mir erneut, dass der Grundelig in der Nähe des Spiegelsees gesehen wurde. Dort warst auch du.« Er blieb vor ihr stehen und sah ihr tief in die Augen. »Warum? Was siehst du in dem See, dass du alle Warnungen in den Wind schlägst?«
Also war es wirklich der Grundelig, schoss es Yvi durch den Kopf und ihre Beine zitterten leicht. Schnell setzte sie sich auf den Boden und verbarg ihre Beine vor Lucifer. Dieser hatte sehr wohl ihre Reaktion bemerkt und wusste, dass das Böse ihr gefährlich nahe gekommen sein musste. Das brachte ihn zu seiner Frage zurück und er wiederholte sie.
»Kann ich die Neue Welt betreten und doch wieder nach Hause zurückkehren?«, stellte Yvi eine Gegenfrage.
Lucifer sah sie durchdringend an. Warum wollte sie das wissen? »Das kann ich dir nicht sagen«, musste er eingestehen. »Aber bisher ist keiner aus der Neuen Welt zurückgekehrt.«
Er trat dicht an sie heran und stupste sie mit der Nase an. »Warum willst du fort von hier?«
Yvi sah zu Boden, denn sie konnte dem Blick Lucifers nicht standhalten. »Ich habe da jemanden ...«
»Hüpf, hüpf, hüpf, froh und munter, wann fällt der Mond denn endlich runter?«, hörten beide Katzen plötzlich eine wohl bekannte Stimme singen.
Lucifer fuhr fauchend herum. »Oscar, sei doch still und verschwinde!«
Der schwarz-weiße Kater blieb in einer unbequemen Haltung stehen. Er stand fast aufrecht auf seinen Hinterbeinen und hatte

seine Vorderpfoten dem Mond entgegengestreckt. »Was hast du denn?«, wollte er verwundert wissen. »Der Mann im Mond ist gerade dabei, alle Glühbirnen auszubauen. Schau doch, der Mond nimmt ab und da verliert er doch sein Gleichgewicht und ...« Er machte ein pfeifendes Geräusch und senkte seine Vorderpfoten zu Boden, »fällt ins Gras. Dann habe ich eine Mondkugel zum Spielen. Das ist doch fein, oder?«

»Oscar, du Trottel. Geh ins Bett, und zwar sofort«, befahl ihm Lucifer in herrischem Tonfall. Er konnte diesen Kater hier nun wirklich nicht gebrauchen. Ausgerechnet jetzt, wo sich Yvi ihm endlich öffnen wollte, sich ihm anvertrauen und ...

»Wo bist du?«, rief er in die Nacht hinaus. Er drehte sich im Kreis, aber von Yvi war nichts mehr zu sehen. Sie hatte den kurzen Moment seiner Unaufmerksamkeit genutzt und war gegangen.

»Dankeschön«, sagte er resigniert zu Oscar.

»Ich helfe dir doch gern«, antwortete dieser und sprang wie ein Reh davon.

Lucifer schüttelte den Kopf und sah zum Mäuseloch. Er wusste, wohin dieser Tunnel führte und dass ihn Yvi für sich nutzte. Aber dies war gefährlich und er würde unbedingt den Tunnel verschließen müssen.

»Gleich morgen«, sprach er zu sich selbst und ging davon, um seinen Schlafplatz auf der Wiese einzunehmen.

»Danke«, sagte Yvi und schmiegte ihr Gesicht an Oscars Wange. Sie saßen auf einem Ast des Lebensbaumes, von dem aus sie die Alte Welt weit überblicken konnten. Es war der größte Baum weit und breit und hatte einst Tausenden von Vögeln, Insekten und Eichhörnchen Obdach geboten. Das war aber schon viele Jahre her. Die Anzahl der Tiere ging Woche für Woche zurück. Keiner wusste, was mit ihnen geschah.

»Ich weiß, wie ein liebendes Herz leidet«, antwortete Oscar und sah in die erschrockenen Augen Yvis. »Ein gebrochenes Herz erkennt seinesgleichen.«

»Aber wie ...«

»Du musst nichts erklären. Schau dem Mann im Mond zu, wie er die Glühbirnen auswechselt und merke dir die Stelle, wohin die Mondkugel dann fällt.« Oscar sah sie aus seinen schlauen Augen an und lächelte. Er wollte Yvi unbedingt ablenken, denn eine traurige Katze in der kleinen Gruppe war bereits mehr als genug.

»Das mache ich gern«, sagte Yvi darauf und beide beobachteten, wie der Mond immer mehr abnahm. Aber zu Oscars Leidwesen fiel die Mondkugel nicht hinab. Zumindest nicht in dieser Nacht.

Eine gute Tat

Gleich am nächsten Morgen setzte Lucifer seinen Plan um. Er bat den Hühnerlulatsch mit der Möhrennase um Hilfe. Dieser war so groß wie ein Mensch und lief auf zwei dünnen Beinen. Er hatte einen langen Schwanz aus Federn, die sich wie ein Schweineschwänzchen kringelten.
Der Hühnerlulatsch war stark genug, um große Steine vor das Mäuseloch zu schieben. Die Mäuse protestierten dagegen lautstark. Unter ihnen auch Susi, die Maus, die Oscar einst hatte entwischen lassen.
»Dann grabt nicht so ein großes Loch, dass eine Katze hindurch passt«, ermahnte sie Lucifer. »Wenn Yvi hindurch passt, könnte es auch dem Grundelig gelingen.«
»Der ist zu groß für unser Loch«, hielt Susi dagegen. »Du hast kein Recht, unseren Weg zu zerstören.«
»Beschwert euch beim Mann im Mond«, entgegnete Lucifer und drehte den Mäusen den Rücken zu.
»Pffff«, antwortete Susi und verschwand mit ihrer Großfamilie zwischen den Ritzen der Steine, die den Weg zum Namenlosertal versperrten.
Lucifer bedankte sich beim Hühnerlulatsch, der mit großen Schritten davon ging, um der Spur aus essbaren Pfeilen zu folgen. Es hieß, dass diese den Weg zu einem Ort zeigen würden, der als Schlaraffenland gelten sollte. Und dort sollte es unendlich viel Essen geben.
Als die Sonne ihr morgendliches Ritual beendet hatte und groß am Himmel stand, kam Yvi des Weges. Verwundert blieb sie vor dem verbauten Tunnel stehen.

»Was ist hier passiert?«, wollte sie wissen und suchte zwischen den Steinen nach einer Ritze, die groß genug für sie war, aber es passten nur noch Mäuse hindurch.
»Es ist besser so für dich«, hörte sie Lucifer sagen.
Sie drehte sich um und erkannte erst jetzt den schwarzen Kater.
»Was hast du getan?«, wollte sie von ihm wissen. »Du hast kein Recht, den Weg zu versperren!«
»Genau das habe ich auch gesagt«, stand ihr Susi bei und schaute zwischen einer Ritze hindurch.
»Pass nur auf, dass ich dich nicht gleich fresse«, entgegnete Lucifer und hob seine Pfote mit den ausgefahrenen Krallen.
»Dann komm und hol mich«, erwiderte Susi und streckte ihm die Zunge heraus.
»Hört auf«, schrie Yvi und lief vor dem versperrten Tunnel auf und ab. »Ich muss zum Spiegelsee. Gib den Weg frei, Lucifer!«
»Du wirst es eines Tages verstehen, Yvi«, wollte er die Katzendame beruhigen.
Aber Yvi wollte sich nicht beruhigen lassen. Würde sie Uwe nie wieder sehen? Wie sollte sie denn die Siebenberge überqueren, die so hoch waren, dass die Wolken darauf Platz nehmen konnten?
»Du bist einfach nur gemein. Ich hasse dich«, warf ihm Yvi mit Tränen in den Augen entgegen. Dann rannte sie davon. Sie wollte und konnte Lucifer nicht mehr sehen. Bisher hatte er immer Recht mit seinen Ratschlägen gehabt, aber diesmal täuschte er sich.
Sie lief in den Wald, weg von den Siebenbergen und Lucifer. Am Lebensbaum angekommen kletterte sie seinen silbernen Stamm empor und setzte sich auf einen breiten Ast. Von hier aus konnte sie die Siebenberge sehr gut erkennen. Irgendwo musste es doch einen Pass geben, den sie nutzen konnte. Wie sind denn einst die Menschen in das Namenlosertal gekommen?

Die grünen Blätter des Lebensbaumes fielen an ihr vorbei zu Boden. Sie fingen die Strahlen der Sonne ein und leuchteten auf. Auf dem Boden angekommen bildeten sich an diesen Stellen kleine Erdhügel, aus denen sich nach wenigen Augenblicken grüne Sprösslinge drängten. Sie wuchsen in Windeseile und bald schon standen Berlas auf der Wiese. Sie sahen wie Tulpen aus und es gab sie in den Farben grün, rot, gelb und blau. Die Berlas öffneten ihre Blüten und aus jedem Blütenkelch stieg eine Lichtkugel hinauf. Diese nahm den Platz eines verlorenen Blattes an dem Ast wieder ein. So wurde der Kreislauf des Lebens geschlossen.
Yvi liebte dieses zauberhafte Schauspiel, aber heute hatte sie keinen Blick dafür. Sie kletterte weiter den Baum hinauf, bis sie den höchsten Punkt erreicht hatte, doch selbst von der Baumkrone aus konnte sie keinen Pass über die Siebenberge entdecken. Es schien aussichtslos.
Als sie bereits hinab klettern wollte, kam das Luftschweinchen angeflogen. Yvi wollte sich nicht mit ihm unterhalten, denn immerhin war es ein Spion Lucifers.
»Warte«, rief das Luftschweinchen und setzte sich auf einen gegenüberliegenden Ast.
»Ich habe gesehen, dass Lucifer den Eingang der Mäuse durch den Berg verschlossen hat«, sagte es grunzend. »Dazu hatte er kein Recht. Ich will dir helfen, die Berge zu überwinden.«
Yvi sah das Luftschweinchen eine Weile an. »Warum solltest du das tun?«, wollte sie wissen. »Du hast immerhin Lucifer verraten, dass ich am Spiegelsee Tag für Tag sitze. Nur deshalb ist er mir auf die Schliche gekommen.«
Das Luftschweinchen schüttelte den Kopf. »Ich habe dich nicht verraten. Aber mein Auftrag war es nun mal, im Namenlosertal Ausschau zu halten und jede Auffälligkeit zu melden.«
»Hast du wirklich den Grundelig gesehen?«, musste Yvi einfach wissen.

»Ja, er ist zurückgekehrt, größer und gefährlicher als jemals zuvor«, bestätigte das Luftschweinchen. »Sein Geruch dringt bis zu den Wolken empor. Dunkel haben sie sich verfärbt und selten schafft es die Sonne, dagegen anzukommen. Das Namenlosertal ist verloren, denn der Hass und das Leid überziehen es gnadenlos.«
Yvi fröstelte bei seinen Worten. Wieso konnte der Grundelig stärker werden? Sie hatte gedacht, dass Lucifer ihn damals nicht nur verjagt, sondern vernichtend geschlagen hatte. Offenbar hatte sie sich getäuscht.
»Und warum willst du mir nun helfen?«, nahm sie den Faden wieder auf.
Das Luftschweinchen zuckte mit den Schultern. »Ich habe meine Flügel von einer Fee bekommen. Eigentlich sind die Flügel nur geliehen, aber wenn ich jedes Jahr eine gute Tat vollbringe, kann ich sie wieder eine Weile behalten. Du bist meine Rettung, denn das Jahr ist bald um und ich hatte noch keine Zeit für eine gute Tat.«
Es streckte beide Arme aus und rief laut: »Tadaaaaa!«
Skeptisch musterte die rote Katze das eigenartige Schweinchen. Ja, es hatte Flügel. Und konnte damit auch hervorragend fliegen. Bisher hatte sie nicht gewusst, woher es die Flügel bekommen hatte. Aber wie wollte es ihr denn helfen?
»Willst du mich über die Siebenberge tragen?«, fragte sie und erwartete nicht wirklich eine sinnvolle Antwort.
Doch sie täuschte sich, denn das Schweinchen breitete seine Flügel aus, sprang in die Höhe und flog einmal um den Lebensbaum herum.
»Natürlich werde ich das.«
»Du bist zwar so groß wie ich, aber siehst nicht sehr stark aus«, brachte Yvi ihre Bedenken zum Ausdruck. »Du kannst mich nicht tragen.«

Das Luftschweinchen grunzte verärgert. »Natürlich kann ich das!« Es flog hinter Yvi, griff unter ihre Vorderpfoten und hob sie hoch.
»Ahhhhhh, Hilfe«, rief sie erschrocken und strampelte mit den Beinen.
»Du musst still halten, sonst kann ich dich nicht tragen«, wies sie das Luftschweinchen zurecht.
Es hatte seine liebe Not, die Katze durch die Luft zu tragen. Anstatt hinauf zu steigen, musste es in den Sinkflug übergehen. Langsam näherten sie sich dem Boden, und die Tiere im Gras, ob nun Ameise oder Spinne, lachten über dieses eigenartige Schauspiel.
Nun werde ich auch noch zum Gespött, ärgerte sich Yvi. »Lass mich herunter!«, forderte sie das Luftschweinchen auf, doch dieses wollte noch nicht aufgeben.
Es warf grunzend die Katze in die Höhe, woraufhin Yvi laut aufschrie. Aber sie stürzte nicht ab. Das Luftschweinchen fing sie wieder auf, umgriff ihre Taille und flog in die Höhe. Jetzt hatte es eine bessere Position und konnte das Gewicht der Katze gut verteilen. So flogen sie immer höher und höher. Die Tiere auf der Wiese lachten nicht mehr.
Je näher sie den Wolken kamen, desto kälter wurde es. Um Yvis Schnurrhaare bildete sich eine dünne Eisschicht und ihr Atem kam als Nebel heraus. Das Luftschweinchen dagegen schwitzte, denn mit jedem Flügelschlag wurde das Gewicht der Katze größer. Zumindest kam es ihm so vor. Aber es musste ihr helfen, denn nur so konnte es seine Flügel behalten. Und diese liebte es über alles.
Sie erreichten die Siebenberge und flogen entlang eines schmalen Grates immer höher, bis sie die Wolken erreichten. Yvi konnte nichts mehr erkennen. Es schien, als würde der Nebel hier oben leben und die Sicht auf die Welt versperren.
Aber sie hielten sich dort nicht sehr lang auf. Plötzlich durchbrachen sie die Wolkendecke und der blaue Himmel war zu sehen. Die

Spitzen der Siebenberge, die noch niemals jemand vom Boden aus gesehen hatte, durchbrachen die Wolkendecke. Jetzt wurde Yvi auch klar, warum die Bergkette diesen Namen trug. Aus der Wolkendecke ragten sieben Gipfel hervor. Manche waren groß und majestätisch, mit einer Schneekrone bedeckt. Andere Gipfel lugten nur eine Winzigkeit aus den Wolken und trugen schwarzes Gestein als Krone.

Das Luftschweinchen flog zwischen den kleinsten Gipfeln hindurch. Über den größten Gipfel hätte das Schweinchen es nämlich nicht geschafft. Seine Kraft nahm immer mehr ab und es wusste, dass es die Katze bald loswerden musste. Es hatte das Gewicht von Yvi etwas anders eingeschätzt.

Kaum hatten sie den Weg zwischen den Gipfeln hindurch hinter sich gebracht, tauchte das Luftschweinchen wieder in die Wolkendecke ein. Die weißen Wolken veränderten sich und nahmen einen grauen Schimmer an. Je tiefer das Luftschweinchen flog, desto dunkler wurden die Wolken. Wenig später durchbrachen sie erneut die Wolkendecke.

Die klare Luft veränderte sich. Ein eigenartiger Geruch kam hinzu, zuerst kaum wahrnehmbar nahm er an Intensität zu, je weiter sie sich von den Bergen entfernten. Zuerst war es nur unangenehm, dann wurde der Geruch beißend und bald erkannte Yvi, um was es sich dabei handelte: Verwesung. Diesen Geruch hatte sie gestern wahrgenommen, als sie am Spiegelsee gesessen und jemand sie beobachtet hatte.

»Der Grundelig«, stieß sie aufgeregt hervor.

»Ja, der Grundelig hat das Gebiet übernommen. Ich hatte dir das aber gesagt. Willst du zurück?«

Das Luftschweinchen schwebte auf einer Stelle in der Luft. Es würde die Katze wieder über die Berge bringen, wenn sie es wollte.

Yvi überlegte kurz. Dann schüttelte sie den Kopf und das Luftschweinchen atmete erleichtert auf. »Nein, ich bin schon zu weit gekommen«,sagte sie.
So ging die Reise weiter und das Luftschweinchen ging in den Sinkflug über. Je näher sie dem Boden kamen, desto schlimmer wurde der Geruch. Der Spiegelsee tauchte auf und Yvi sah sich schockiert um. Die einst grünen Wiesen um den See waren braun geworden. Nur noch wenige grüne Tupfen waren zu sehen. Kaum etwas erinnerte an das Blumen übersäte Namenlosertal mit den kleinen Bauminseln. Die Bäume waren kahl und ragten tot in den Himmel. Kein Tier war weit und breit zu sehen. Der Tod war offenbar in der Nacht über das Tal hereingebrochen wie eine Sintflut und hatte alles Leben mit sich gerissen.
Das Luftschweinchen setzte Yvi am Ufer des Sees ab. »Da sind wir. Meine gute Tat ist vollbracht.«
Kaum hatte es die Katze losgelassen, als es auch schon wieder in die Höhe flog. »Warte«, rief Yvi hinterher. »Wie komme ich wieder zurück?«
»Meine gute Tat ist erledigt. Eine pro Jahr reicht. Also, machs gut.«
So schnell hatte Yvi das Luftschweinchen noch nie fliegen gesehen. Binnen weniger Augenblicke verschwand es in den dunklen Wolken. Nun war sie allein, und dieser Gedanke machte ihr große Angst.
Wie sollte sie zurückkehren? Darum hatte sich Yvi keine Gedanken gemacht. Zwar war der Tunneleingang durch die Siebenberge auf der Seite des Namenlosertals frei, aber das anderer Ende war nach wie vor versperrt. Sie war hier gefangen.

Der Grundelig

Mit unsicheren Schritten lief Yvi an die Uferstelle, von der aus sie immer in die Neue Welt hatte blicken können. Sie setzte sich hin und starrte auf die Wasseroberfläche. Vorsichtig tauchte sie ihre rechte Pfote in das Wasser, so dass sich kleine Wellen zur Mitte des Sees ausbreiteten. Das Spiegelbild der grauen Wolken begann zu verblassen und ein heller Schimmer breitete sich aus. Die Wellen wurden größer, als würde sich der Spiegelsee schütteln. Yvi ging ein paar Schritte zurück, denn das Wasser schwappte über das Ufer auf die braune Wiese.
Dunst stieg aus dem See empor, als ob das Wasser kochen würde, und breitete sich über die unmittelbar angrenzende karge Landschaft aus. Bald war von der Umgebung nichts mehr zu erkennen und darüber war Yvi sehr froh. Es schien, als würde eine Last abfallen, weil sie die Trostlosigkeit des Namenlosertals nicht mehr ertragen musste.
Wenig später zog sich der Nebel zurück. Die rote Katze ging zum Ufer und setzte sich. Auf der Wasseroberfläche war nun ein strahlend blauer Himmel zu sehen. Yvi sah nach oben, aber die schweren dunklen Wolken waren nicht verschwunden. Dann fiel ihr Blick auf die braune Wiese. Ein schmaler Streifen von wenigen Schritten war wieder grün geworden. Blumen blühten sogar, Bienen summten umher. Es schien, als wäre der böse Hauch des Grundelig für einen Moment verschwunden und das Tal würde offenbaren, wie es einst ausgesehen hatte. Und der Geruch: Yvi atmete tief ein, denn die Verwesung war verschwunden, welche das Tal heimgesucht hatte. Es roch nach Leben und Sommer.
»Hallo, hübsche Hallu«, hörte Yvi plötzlich eine vertraute Stimme.

Sie sah wieder zum Spiegelsee und erkannte dort Uwe. Er sah ihr von der Wasseroberfläche entgegen und lächelte.
»Da bist du ja wieder. Du warst so plötzlich weg.«
»Ich musste gehen«, erklärte Yvi und deutete mit ihrer rechten Pfote auf ihn. »Was machst du heute?«
Uwe sah sich um. Er stand in einem Raum mit abgeputzten Wänden. Die nackten Ziegelsteine waren zu sehen, auch Decke und Boden sahen unfertig aus.
»Ich werde heute die Wände sauber machen, um diese dann verputzen zu können«, antwortete er, nahm sich einen Stuhl und setzte sich. »Heute habe ich gar kein Malzbier getrunken. Warum habe ich dennoch eine Hallu?«
»Ich bin echt«, widersprach Yvi und deutete auf sich.
»Aha. Und warum schwebst du dann knapp einen Meter über dem Boden? Bist du ein Engel aus dem Katzenhimmel?«
»Nein, ich bin Yvi aus der Alten Welt.«
Kurz herrschte Schweigen. »Yvi heißt du also«, sagte Uwe und nickte. »Freut mich. Ich bin Uwe.«
»Das hast du schon gesagt. Wie ist es in der Neuen Welt?«, wollte sie wissen.
»Neue Welt? Du meinst Wiesenburg, wo ich lebe?«
»Ja, natürlich.« Yvi rollte genervt mit den Augen. Warum verstand er sie so schlecht? »Wie soll es sein? Ich lebe hier sehr gern, arbeite an meinem Haus und verdiene mit einem normalen Job mein Geld. Da gibt es nicht viel zu sagen.«
»Gibt es denn Luftschweinchen bei dir?«
Uwe zog fragend eine Augenbraue nach oben. »Höchstens in Kinderbüchern. Nein, Schweine können nicht fliegen.«
»Und hast du schon einmal etwas vom Grundelig gehört?«
»Von was? Also du scheinst in einer eigenartigen Welt zu leben. Oder besser gesagt scheint sich in meinem Kopf etwas abzuspielen, das nicht gut ist. Ich glaube, ich brauche einmal Urlaub.«

Yvi gefiel die Entwicklung dieses Gespräches gar nicht. Uwe glaubte nicht an das, was er sah. Sie war echt und auch ihre Welt.
Plötzlich wurde es dunkler, der Wind frischte auf und der Geruch der Verwesung kehrte zurück. Yvi wurde übel. Sie sah sich um. Der dünne Streifen grünen Grases wurde wieder braun. Die Bienen fielen tot zu Boden, die Blumen verwelkten. Dann nahm der Wind wieder ab und es wurde still.
»Schlechtes Wetter bei dir?«, wollte Uwe wissen und beugte sich weiter vor.
Aber Yvi achtete nicht auf ihn. Sie wusste, dass der Grundelig hier war. Die Anzeichen waren unübersehbar und sie sollte sofort von hier verschwinden. Aber wohin? Der Weg zur Wiese auf der Burg war versperrt und im Namenlosertal war sie nirgends sicher.
Sie sah zum Spiegelsee. Sollte sie in das Wasser springen? Wohin würde es sie bringen? Doch bevor sie sich entscheiden konnte, legte sich ein Schatten über sie.
»Du gehörst doch zu Lucifer«, grollte eine tiefe Stimme.
Yvis Beine begannen zu zittern. Sie konnte diese Reaktion einfach nicht beeinflussen. Die Stimme des Grundelig vibrierte in ihrem Körper nach, Dunkelheit legte sich über ihre Seele. Es schien, als würde sich alles Gute langsam auflösen.
»Es wird Zeit, dass ich mir zurückhole, was einst mir gehörte«, sprach der Grundelig weiter. »Mit dir fange ich an.«
Yvi drehte sich langsam um. Sie hatte Angst davor, was sie sehen würde. Den Grundelig kannte sie, aber er sollte angeblich gewachsen sein und noch furchteinflößender aussehen. In ihrer Phantasie gaben sich die unterschiedlichsten Erscheinungen die Klinke in die Hand, aber nichts bereitete sie auf das vor, was sie zu sehen bekam.

Der Grundelig war so groß wie ein Wolf geworden. Er hatte struppiges graues Fell mit kahlen Stellen, seine Pfoten waren schwarz, genau wie seine Schwanzspitze. Im linken Ohr hatte er einen Riss, den ihm Lucifer zugefügt hatte. Seine Augen waren grau und wirkten glasig, als ob er erblindet wäre. Speichel tropfte von seinem Maul.

Yvi erschrak bis ins Mark. Es war nicht nur dieser Anblick des Grundelig, sondern auch die Aura, die er verströmte. Der Gestank der Verwesung rief eine ungeahnte Übelkeit in ihr hervor. Der Hass auf alles Leben ging deutlich von dem Grundelig aus, ebenso die Freude an jeglicher Zerstörung. Wie sollte Yvi ihm denn entkommen?!

»He, was ist das denn für ein räudiges Vieh?«, rief Uwe. »Bei euch werden die Katzen aber riesig.«

»Hilf mir«, brachte Yvi leise hervor.

»Dir wird keiner helfen«, antwortete der Grundelig und lächelte. Dabei offenbarte er ein Gebiss mit messerscharfen Zähnen. Seine Krallen hatte er ebenso ausgefahren, und gleich würde er die Katze der Länge nach aufschlitzen.

Uwe stand auf und runzelte die Stirn. Hier stimmte etwas nicht. Wieso musste er einen solchen Kater in seinen Tagtraum einbauen? Er hob seine rechte Hand und berührte das eigenartige Fenster, das in der Luft schwebte und ihm die andere Welt zeigte. Seine Hand verschwand in diesem Fenster. Er zog sie wieder heraus und konnte keine Auffälligkeit oder gar Verletzung seiner Finger erkennen. Dann stellte er sich dicht vor dieses Fenster, schob wieder seine Hand hindurch und schaute auf der anderen Seite nach, ob er seine Finger wiedersehen würde. Aber sie waren nicht da.

Als er seine Hand herausholen wollte, ging dies plötzlich nicht mehr. Sie steckte fest und etwas begann, daran zu ziehen. Er umfasste mit seiner linken Hand seinen rechten Arm und zog daran. Dieser bewegte sich auch, aber in die falsche Richtung. Uwe suchte einen sicheren Stand und ließ sich nach hinten fallen, doch auch so konnte er sich nicht befreien. Ganz im Gegenteil: Er wurde weiter in dieses Fenster gezogen. Seine Füße rutschten über den Boden.

»Mist!«, rief er aus, nahm einen Hammer, der neben ihm auf einem Tisch lag, und schlug auf das Fenster ein. Aber das Werkzeug ging hindurch und er traf seinen rechten Arm.

»Verflucht!«, schrie er und ließ den Hammer fallen.

Sein Arm war mittlerweile bis zum Ellenbogen verschwunden, der Sog wurde stärker und verschlang seine Schulter. Uwe stellte sich seitlich hin und versuchte, sich am Tisch festzuhalten, doch der Tisch wurde einfach mitgezogen.

Ein übler Geruch schlug ihm entgegen. Es roch nach Verwesung, eine Eiseskälte kam hinzu. Nun begann er, um Hilfe zu rufen. Doch er lebte allein in dem Haus, niemand hörte ihn.

Schließlich erreichte das Fenster seinen Kopf. Er spürte eine fast zärtliche Berührung seines Gesichtes, als würde Wasser hinablaufen. Dann wurde es hell um ihn herum. Er sah und hörte nichts mehr und verlor den Kontakt zum Boden.

Yvi versuchte mit aller Kraft, sich den Grundelig vom Hals zu halten, aber er war größer und stärker als sie. Außerdem war da dieser Hass, den er verströmte, der sie in Angst und Schrecken versetzte und zusätzlich lähmte. Der Kater hob seine Pfote und versetzte ihr damit einen harten Schlag. Sie flog durch die Luft und kam schmerzhaft auf dem Boden auf. Ihre linke Schulter war aufgerissen und blutete.

»Du bist mein erstes Opfer aus Lucifers Gruppe«, sprach der Grundelig. »Fühle dich geehrt.«

Er stand unheilvoll vor ihr, die krallenbesetzte Pfote hoch erhoben und bereit für den vernichtenden Schlag.

Yvi schloss die Augen und wartete. Aber es geschah nicht das, womit sie gerechnet hatte. Plötzlich hörte sie ein Fauchen, und der Schatten über ihr verschwand.

Sie setzte sich auf und sah sich um. Der Grundelig stand nicht mehr vor ihr. Er kämpfte gerade mit einem anderen Kater. Er war ganz schwarz und sah gut genährt aus. Fauchend schlug er auf den Grundelig ein, der auf dem Boden lag und sich verteidigte. Der unbekannte Kater benutzte nicht seine Krallen, um seinen Gegner zu schlagen. Er boxte ihn, als wüsste er nicht, wie er sich als Katze verhalten sollte. Es war ein merkwürdiges Bild.

Der Grundelig schaffte es, sich aus dem Griff des schwarzen Katers zu befreien und versetzte ihm mit seiner Pfote einen harten Schlag ins Gesicht. Seine Krallen hinterließen blutige Schnitte und der Kater brachte sich schnell außer Reichweite.

»Wasch dich mal, du Ungeheuer«, rief dieser. »Du siehst aus wie ein räudiger, verwahrloster Kater.«

Diese Stimme! Yvi kannte diese Stimme und sie lief zu dem Kater.

»Bist du Uwe?«, wollte sie von ihm wissen.

»Wer denn sonst?«, fragte dieser. »Wo bin ich hier? Warum greift dich dieses Vieh an?«

Der Grundelig nutzte die Unaufmerksamkeit der beiden Katzen und stürzte sich erneut auf Uwe. Dieser kämpfte wie ein Mensch, konnte so aber seinen Gegner nicht besiegen.

»Du musst deine Krallen benutzen«, erklärte ihm Yvi.

»Krallen?«, fragte Uwe. Er hatte doch gar keine so langen Fingernägel!

Doch plötzlich schoben sich tatsächlich Krallen aus seiner Pfote.

Eine Pfote?! Ich habe eine Pfote?!

Doch darum konnte er sich jetzt keine weiteren Gedanken machen. Da er nun Waffen hatte, setzte er diese gezielt ein. Einen Schlag nach dem anderen versetzte er dem Grundelig, riss ihm die Haut an mehreren Stellen auf und biss ihm in die Kehle.

Der Grundelig war so überrascht von diesem Angriff, dass er sich schließlich befreite und davonrannte. »Es ist noch nicht vorbei«, versprach er und verschwand zwischen den kahlen Sträuchern.

Ein pelziges Gesicht

Yvi trat dicht an Uwe heran. Sie sah in seine braunen Augen und erkannte den Menschen daran wieder. Seine Pupillen waren nicht länglich wie bei einer Katze, sondern rund.
»Danke«, flüsterte sie. »Wie bist du hierher gekommen?«
Uwe sah zuerst sie an, dann schaute er an sich herab. Da waren keine normalen Beine mehr. Er hatte ein Fell und lief auf vier Pfoten. Als er sich aufstellte und nach hinten sah, erkannte er einen buschigen Schwanz.
Vorsichtig berührte er mit der Pfote sein Gesicht. Es war pelzig wie der Rest von ihm und er hatte Schnurrhaare.
Verwirrt plumpste er auf seinen Hintern. »Oh Gott, ich bin eine Katze. Liege ich jetzt halb tot bei mir zu Hause und phantasiere?«
»Nein, du bist in der Alten Welt und hast mich vor dem Grundelig gerettet«, erklärte Yvi.
Sie konnte seine Verwirrung sehr gut verstehen. Wie würde es für sie sein, wenn sie plötzlich ein Mensch wäre?
»Und du bist ein Kater.«
»Wie ist das denn passiert?«, wollte er wissen. »Da warst du in diesem ... ähm, Lichtfenster und als ich hineingegriffen habe, hat mich das Fenster hineingezogen.«
»Der Spiegelsee soll ein Zugang zu einer anderen Welt sein, habe ich gehört«, versuchte Yvi ihm zu erklären. »Früher lebten hier auch Menschen mit vielen Katzen zusammen. Dann kam der Grundelig und sorgte dafür, dass die Menschen ihre Burg zerstörten und das Land verließen. Sie gingen alle in den Spiegelsee, da wo du heraus gekommen bist.«
»Sie haben sich umgebracht?«

»Nein, sie sind in eine andere Welt gegangen. Nur Lucifer, Maggie, Oscar und ich sind hiergeblieben.«
»Warum seid ihr nicht mitgegangen?«
Yvi überlegte, wie sie Uwe eine Erklärung geben konnte, die er auch verstand. »Lucifer meinte, dass unsere Wiese nicht verloren sei. Man müsse um sie kämpfen. Wenn jeder ein Land verlassen würde, nur weil es Probleme gab, dann wäre früher oder später jedes Land dem Untergang geweiht. Man muss eine Rettung wenigstens versuchen.« Sie sah Uwe an. Er nickte, also hatte er die Beweggründe Lucifers verstanden.
»Lucifer ist meine Familie, darum bin ich geblieben. Maggie ist in Lucifer verliebt und Oscar … Er hatte keine Wahl. Der Spiegelsee spukte ihn aus, als er hineinging. Er ließ Oscar nicht in die Neue Welt.«
Schweigen breitete sich aus, dass unangenehm wurde.
»Wieso bin ich eine Katze? Ich will keine Katze sein!« Uwe stand auf und lief wütend auf und ab. »Ich will keine Mäuse fressen und auch keine Vögel.«
Er sah sich um. Der Blick auf die Welt hatte sich für ihn geändert. Sah er als Mensch auf vieles herab, so musste er nun ständig den Kopf heben. Das braune Gras um ihn herum wirkte größer, die Sträucher waren Urwälder und der See sah wie ein Meer aus. *Wenn der Spiegelsee dafür verantwortlich ist, dann werde ich durch ihn auch wieder nach Hause zurückkehren,* war er sich sicher.
Uwe ging schnell zum See. Die Wasseroberfläche war ruhig. Nichts deutete auf eine Absonderlichkeit hin.
»Was willst du da machen?«, wollte Yvi wissen und kam auf ihn zu.
»Ich gehe nach Hause. Denkst du, ich will eine Katze sein und gegen einen Baum pinkeln?«
»Das machen Hunde«, wies ihn Yvi zurecht. »Es ist schön, eine Katze zu sein. Wir sind schlau, werden von allen Tieren respek-

tiert ...« Sie dachte an Oscar und revidierte ihre letzte Aussage. »Von fast allen Tieren, und die Wiese auf der Burg bietet ein schönes Zuhause.«
»Ihr seid Tiere, ich bin ein Mensch. Merkst du, wie bescheuert das ist, wenn Menschen zu Tieren werden? Ich will kein pelziges Gesicht!«
Yvi war entsetzt. Sie hatte gedacht, dass Uwe Katzen mögen würde. Aber offenbar war das nicht der Fall. Er betrat vorsichtig den See. Seine Pfoten berührten das Wasser, aber es geschah nichts. Erst jetzt erkannte Yvi, dass die Wasseroberfläche nicht mehr die Welt von Uwes Heimat zeigte. Es spiegelten sich darin nur die dunklen Wolken des Namenlosertals wider.
Uwe ging tiefer hinein, bis sein Körper fast ganz vom Wasser verschluckt war. »Was muss ich machen, um in mein Haus zurückzukommen?«, wollte er wissen und drehte sich zu Yvi um.
»Ich weiß es nicht. Noch nie habe ich gesehen, wie Menschen den Spiegelsee betreten haben.«
»Woher weißt du dann, dass es überhaupt passiert ist und sie nicht einfach ertrunken sind?«
Kurz überlegte Yvi, ob sie ihm die Frage beantworten sollte. »Das hat das Luftschweinchen Lucifer erzählt. Und der glaubt dem Schweinchen.«
»Luftschweinchen?«, fragte Uwe nach, ob er das richtig verstanden hatte.
Wo war er nur hingeraten? Er sah aus wie ein Kater, redete ganz selbstverständlich mit einer Katze und musste sich Geschichten über Luftschweinchen anhören. Als wäre das nicht genug, stank es hier wie auf einem Schlachtfeld mit unzähligen Toten. Er wollte aus diesem Albtraum aufwachen.
Yvi ging zum See und hielt ihre rechte Pfote hinein. Immerhin hatte sie es so jeden Tag geschafft, das Tor zur Neuen Welt zu öffnen. Doch weder vergrößerten sich die Wellen, noch dampfte

der See. Es geschah nichts. Verwirrung spiegelte sich auf ihrem Gesicht wider.
»Es tut mir leid, ich kann das Tor nicht öffnen«, entschuldigte sie sich und nahm die Pfote aus dem Wasser.
»Ich will hier weg«, entgegnete Uwe.
Er ging tiefer ins Wasser, bis seine Pfoten keinen Grund mehr spürten. Anfänglich gelang es ihm, seinen Kopf über der Wasseroberfläche zu halten. Da er aber versuchte, wie ein Mensch zu schwimmen, und dies anatomisch gar nicht möglich war, ging er bald unter. Immer wieder durchbrach sein Kopf die Wasseroberfläche, er holte Luft und ging wieder unter.
Yvi lief am Ufer unruhig auf und ab. Sie wusste nicht, ob vielleicht die Menschen so das Tor zur Neuen Welt öffnen konnten oder ob Uwe gerade ertrank. Eine Weile schaute sie sich seinen Kampf an. Als er aber nicht mehr auftauchte, bekam sie es mit der Angst zu tun, sprang ins Wasser und tauchte ab.
Uwe wurde in die Tiefen des Spiegelsees gezogen. Nein, das konnte nicht richtig sein. Yvi schwamm schnell zu ihm, biss in seinen Nacken und konnte ihn unter großer Kraftanstrengung zur Wasseroberfläche hinauf bringen. Das Ufer war zum Glück nicht weit. Sobald der kiesige Grund des Sees unter ihren Pfoten war, wurde es einfacher für Yvi. Sie ließ Uwe los und befahl ihm, selbstständig zu laufen. Er gehorchte widerstandslos und folgte der roten Katze.
Am Ufer angelangt, ließ er sich in das braune Gras fallen und atmete schwer ein und aus. Er war hier gefangen, für immer. Und das als Kater. Das konnte nur ein Traum sein. Uwe musste einfach die Augen schließen und wieder einschlafen. Dann würde er in seinem Haus aufwachen, vielleicht mit einer dicken Beule am Kopf, weil er sich irgendwo gestoßen hatte. Ja, so musste es sein. Außerdem war er unendlich müde und konnte gar nicht die Augen offen halten, selbst wenn er es wollte.

Yvi beobachtete ihn. Er schloss seine Augen und seine Atmung flachte ab. Offenbar schlief er ein, wohl aufgrund seiner Erschöpfung. Aber hier konnte er nicht liegen bleiben, denn das Wasser berührte ständig seine Hinterpfoten. So biss ihm Yvi in den Nakken und zog ihn vom Ufer weg. Als sie sich zu ihm legen wollte, um über ihre weitere Vorgehensweise nachzudenken, tauchte ein Schatten auf. Es war aber nicht der Grundelig, der zurückgekommen war, sondern Lucifer. Und er schien nicht glücklich über das, was er hier vorfand.

Der fluffige Kater

»Wer ist das?«, wollte Lucifer wissen und blieb in einiger Entfernung stehen. Es war, als wollte er sich dem unbekannten Kater nicht nähern.

Er wiederholte seine Frage lauter und wütender, als Yvi nicht gleich antwortete.

»Das ist Uwe aus Wiesenburg«, stellte Yvi den schlafenden Kater vor. »Er kommt aus dem Spiegelsee aus der Neuen Welt und war dort ein Mensch.«

Lucifer schwieg. Er sah Yvi eine Weile an, als ob er eine Lüge in ihrem Gesicht erkennen könnte. Dann ging er zu Uwe. Der Kater sah ganz normal aus. Sein Fell war komplett schwarz. Kratzspuren waren auf seinem Gesicht zu erkennen.

»Die hat ihm der Grundelig zugefügt«, erklärte Yvi, die seinem Blick gefolgt war. »Uwe hat mich vor ihm gerettet.«

»Der Grundelig war hier?« Lucifer wirbelte zu ihr herum. »Er hat dich angegriffen?«

Er sah die Verletzung an ihrer Schulter. So weit hätte es niemals kommen dürfen.

»Ja«, musste sie gestehen. »Als ich am See saß und mich mit Uwe unterhalten habe, muss er sich angeschlichen haben. Er griff mich an und dann war plötzlich Uwe da. Er ...«

»Moment«, unterbrach Lucifer ihren Redeschwall. Erst jetzt begriff er, was Yvi ihm da eigentlich erzählte. »Uwe ist ein Mensch aus der Neuen Welt und nun ist er hier als Kater. Wie soll das gehen?«

»Das weiß ich auch nicht«, sagte Yvi und sah zu Uwe. »Er kam aus dem Spiegelsee und muss sich dort verwandelt haben. Du hast doch gesagt, dass es ein Zaubersee sein muss, denn die Men-

schen gingen nach dem großen Brand mit Hilfe des Sees in die Neue Welt.«
Wieder schwieg Lucifer und ordnete seine Gedanken. »Wie bist du eigentlich hierher gekommen?«
»Mir wurde geholfen«, antwortete sie ausweichend. Sie wollte das Luftschweinchen nicht verraten, doch es gelang nicht.
»Das Luftschweinchen also. Es hat dich über die Siebenberge getragen. Wie wolltest du von hier wieder wegkommen?«
»Darüber habe ich mir keine Gedanken gemacht«, gestand Yvi. »Eigentlich dachte ich, das Luftschweinchen bringt mich wieder zurück. Aber es ist einfach fortgeflogen. Wie bist du hierher gekommen?«, wollte nun Yvi wissen.
»Ich habe die Steine wegräumen lassen, weil ich dich nirgends finden konnte. Du konntest nur an einem Ort sein.«
Uwe regte sich und schlug langsam die Augen auf. »Man, war das ein Trip«, sagte er lang gedehnt. »Ich war eine Katze und habe mich mit einer anderen Katze geprügelt.« Er setzte sich auf und hielt sich den Kopf. »Ich werde nie wieder Malzbier trinken.«
»Du hast nicht geträumt«, widersprach Yvi.
Uwe sah auf und direkt in ihre Augen. Er erinnerte sich an sie, auch an den verrückten Kater und dass er ...«
»Oh Gott«, stieß er hervor und hielt sich seine Hände vors Gesicht. »Ich bin pelzig! Ich habe ein Fell!« Er berührte sein Gesicht und spürte Fell, eine Stupsnase und Schnurrhaare. »Mist, nein, das ist kein Traum!«
Yvi sprang zur Seite, als Uwe hochschnellte. »Was mache ich jetzt?« Er lief zum See und blieb am Ufer stehen. Gut waren ihm seine letzten Schwimmversuche in Erinnerung. Wie schwamm eigentlich eine Katze?
»He, du«, wurde er gerufen. Uwe drehte sich um und erkannte einen schwarzen Kater mit weißen Pfoten und einem weißen Lätz-

chen. »Wo kommst du her und wie hast du das Namenlosertal betreten können?«
»Warum sollte ich dir das sagen?«, wollte Uwe wissen und ging auf Lucifer zu. »Wer bist denn du, du Katze?«
Uwe gefiel dieser schwarze Kater nicht. Er war arrogant und hochnäsig. Schon jetzt wusste er, dass dieser Kater der Anführer hier war - und dass er ihn nicht mochte.
»Mein Name ist Lucifer«, begann er schließlich. »Du befindest dich in der Alten Welt. Genauer gesagt bist du im Namenlosertal am Spiegelsee hinter den Siebenbergen.«
»Die Siebenberge?«, fragte Uwe nach. »Und wo sind Schneewittchen und die sieben Zwerge?«
»Wer soll das sein?«, wollte Lucifer wissen. »Sind noch mehr Menschen durch das Portal gekommen und haben sich in Katzen verwandelt?« Er sah sich demonstrativ um, konnte aber niemanden weiter entdecken.
Uwe überlegte, ob er sich überhaupt mit Lucifer unterhalten wollte. Aber er brauchte Informationen, und die würde er nur von dem Kater bekommen. Also berichtete er, wie er hierher gekommen war.
»Warst du schon einmal hier? Und was ist mit deinen Augen passiert?« Lucifer war dichter an Uwe herangetreten und konnte so die runden Pupillen sehen. »Sie sind menschlich.«
»Ja, weil ich ein Mensch bin«, erklärte Uwe. »Wie werde ich wieder zum Menschen?«
Lucifer schüttelte den Kopf. »Das weiß ich nicht. Wir sollten von hier weggehen, bevor der Grundelig wiederkommt«, wechselte er das Thema.
»Ich habe das räudige Vieh schon einmal verjagt und tue es wieder«, war sich Uwe sicher.
»Komm lieber mit uns«, riet ihm Lucifer und lief Richtung Siebenberge. »Hier kommen wir nicht weiter.«

Yvi sah von Lucifer zu Uwe. Sie wusste nicht, wie sie dem Neuankömmling helfen könnte und so entschied sie sich, Lucifer zu folgen. Die beiden Katzen liefen durch das braune Gras und Uwe seufzte. In den Spiegelsee konnte er nicht zurück. Er wäre beinahe ertrunken und hatte es nur Yvi zu verdanken, dass er noch lebte.
»He, Mieze«, rief er und rannte hinter ihr her.
Yvi blieb stehen und sah ihm entgegen. »Mieze?«, vergewisserte sie sich.
»Jup, habe ich gesagt«, entgegnete er und lächelte. »Danke, dass du mir das Leben gerettet hast. Ohne dich wäre ich ertrunken.«
Yvi wollte ihm eigentlich die Meinung sagen, weil er sie mit solch einer Anrede bedachte, aber irgendwie konnte sie ihm nicht böse sein und nickte schließlich. »Kein Problem«, sagte sie und setzte ihren Weg fort.
Uwe folgte ihr. »Wo gehen wir hin?«, wollte er wissen.
»Durch den Tunnel der Mäuse zur Wiese auf der Burg«, antwortete Yvi.
Damit wusste Uwe genauso viel wie vorher. Was blieb ihm anderes übrig, als den beiden Katzen zu vertrauen? Und so folgte er ihnen.
Lucifer lief voraus, den Schwanz hoch erhoben. *Wenn wir in einer Großstadt wären, müsste er nur noch eine gelbe Fahne an der Spitze tragen, dann würde er einen sehr guten Reiseführer abgeben*, dachte Uwe und kicherte in sich hinein.
Yvi lief dicht hinter Lucifer. Sie sah nach hinten zu Uwe und fragte sich, worüber er sich gerade amüsierte. Es gab hier nichts zu lachen. Das Namenlosertal war ein trostloser und lebensfeindlicher Ort geworden. Hier gab es nichts zu essen, die Bäume und Sträucher waren kahl und boten keinen Schutz mehr vor Wind und Regen. Das allein genügte schon, um jedem Lebewesen das Verbleiben zu vergrämen. Aber es kam noch mehr hinzu: dieses

Gefühl, nicht willkommen zu sein. Es hing wie schwerer Dunst in der Luft und erstickte jeden positiven Gedanken im Keim.
Anfänglich hatte Uwe Probleme mit der Koordination seiner vier Beine. Er beobachtete Yvi dabei, wie sie die Beine benutzte und leichtfüßig über das braune Gras lief. Sie war schon eine hübsche Erscheinung. Ihre Augen erinnerten ihn an einen blauen Himmel, der vom Dunst eingehüllt war. Das rote Fell mit zarten blonden Streifen wirkte wie ein Sonnenuntergang, und ihr Gang ...
Uwe begann doch tatsächlich zu sabbern. Er schüttelte den Kopf, um einen klaren Gedanken fassen zu können. Yvi war eine Katze. Eine KATZE!
Na ich ja auch, dachte er und nickte. Aber dennoch - dieser Zustand war nur vorübergehend, dessen war er sich sicher. Er wollte den Gedanken nicht weiter spinnen und er hätte es auch gar nicht gekonnt, denn sie erreichten den Eingang zum Tunnel der Mäuse.
»Was macht ihr hier?«, wollte Lucifer wissen und blieb vor der Maus Susi stehen.
Diese koordinierte gerade etliche Mäuse, die Steine vor den Tunneleingang schoben.
Susi drehte sich um. »Wir versperren den Eingang, das siehst du doch«, antwortete sie schnippisch.
»Warum macht ihr das?«, hakte Lucifer nach und spähte in den Tunnel. Das Loch war fast schon zu klein, um hindurch zu kommen.
»Der Grundelig ist wieder da und er wird unseren Tunnel nutzen, um das Namenlosertal zu verlassen«, erklärte Susi. »Du hast doch den Ausgang versperren lassen, wahrscheinlich aus demselben Grund.«
Lucifer hatte andere Gründe gehabt, aber Susi hatte nicht ganz Unrecht. »Die Steine werden ihn nicht aufhalten«, erklärte er.

»Wir werden den Tunnel zum Einsturz bringen, wenn wir den Eingang versperrt haben. Das dürfte ihn eine Weile aufhalten.«
Uwe lauschte dieser seltsamen Unterhaltung von Katze und Maus. Sollte sich Lucifer nicht auf sie stürzen, vielleicht noch etwas mit ihr spielen und sie dann fressen? Waren die Katzen hier etwa Vegetarier?
»Wieso versperrt ihr den Tunnel, wenn ihr ihn sowieso zum Einsturz bringen wollt?«, mischte sich Uwe ein. »Der Sinn dieser Aktion erschließt sich mir nicht.«
»Wir wissen, was wir tun«, antwortete Susi schnippisch.
Lucifer und Yvi sahen zuerst ihn, dann die Maus an. Uwe konnte auf den Gesichtern der beiden Katzen eindeutlig ablesen, dass sie sich ebenfalls dieselbe Frage gestellt hatten. Warum hatten sie diese dann nicht ausgesprochen?
»Ich bin wahrlich in der Hölle gelandet«, seufzte Uwe und beließ es dabei.
»Wie wollt ihr den Tunnel zum Einsturz bringen?«, hakte Lucifer nach.
»Das geht dich nichts an«, sagte Susi darauf. Sie war wütend, und ihre Schnurrhaare zitterten. Aber ihre piepsige Stimme brachte den Zuhörer eher zum Lachen.
»Können wir noch hindurch?«, mischte sich nun Yvi in das Gespräch ein.
Susi sah alle drei Katzen nacheinander an. »Wer ist der dicke Kater?«, wollte sie wissen. »Ich kenne jede Katze hinter den Siebenbergen. Den da kenne ich nicht.«
»Ich bin nicht fett, sondern fluffig«, entgegnete Uwe wütend. »Komm nur her, du Mäuschen. Ich werde dich ...«
»Er ist neu zu uns gestoßen«, unterbrach ihn Yvi und stellte sich zwischen Maus und Uwe. »Vielleicht kommt er aus einer flegelhaften Familie. Keiner brachte ihm Benehmen bei. Entschuldige bitte.«

Lucifer schwieg. Ihm gefiel das arrogante Verhalten von Susi nicht, aber sie waren hier auf die Maus angewiesen. Sicherlich hätten es drei Katzen geschafft, sich gegen eine Horde Mäuse zu behaupten, aber er wusste nicht, wie die Mäuse den Tunnel zum Einsturz bringen wollten. Dieses Wissen aber war unverzichtbar, um dem Grundelig den Weg durch die Siebenberge zu versperren. Vielleicht hatte Susi Recht und es würde dieses Übel aufhalten.
Ein strenger Blick Lucifers ließ Uwe die Worte im Hals stecken bleiben, die er der Maus am liebsten um die Ohren gehauen hätte. Yvi sah ihn auffordernd an. Uwe wusste sofort, was sie wollte. Offenbar war es egal, ob eine Frau ein Mensch oder eine Katze war. Die Gestiken waren immer gleich.
»Ich werde mich nicht entschuldigen«, murmelte Uwe und schüttelte energisch den Kopf.
Bei einer Maus schon mal gar nicht, führte er stumm den Satz fort. *Es reicht schon, dass ich mich mit Katzen unterhalte.*
Susi war das offenbar egal. Sie gab einen Pfiff von sich und die Mäuse machten den Katzen Platz. Lucifer und Yvi kamen ohne Probleme durch den schmalen Spalt zwischen den aufgeschichteten Steinen. Bei Uwe sah es anders aus. Er kam mit Kopf und Schulter hindurch, blieb aber mit dem Bauch stecken. Er versuchte, diesen einzuziehen, aber auch dann steckte er fest.
»Mist«, fluchte er und versuchte, sich voran zu schieben. »Wenn es nicht vor geht, dann halt wieder zurück.« Aber auch dies mißlang. Es ging nicht vor und nicht zurück.
»Der fluffige Kater ist stecken geblieben«, spottete Susi hinter ihm.
Yvi kam zu ihm zurück, packte ihn an seinen Vorderpfoten und zog an ihm. »Du musst drücken«, forderte sie ihn auf.
»Das mache ich schon«, antwortete er gepresst. »Wenn ich noch mehr drücke, geht es in die nicht vorhandene Hose.«

»Igitt«, kam es von den Mäusen.
»Typisch Mensch«, musste Lucifer verlauten lassen.
»Streng dich an«, sagte Yvi. Sie zog und zog, aber es gelang nicht, Uwe aus dem Spalt zu befreien. Der harte Stein schürfte ihm den Bauch auf und das tat höllisch weh.
Lucifer kam hinzu. *Nein, der nicht auch noch*, dachte Uwe. Diese Situation war ihm so unendlich peinlich, dass er am liebsten im Boden versunken wäre. Seine Gebete wurden nicht erhört. Yvi griff nach seiner rechten Pfote, Lucifer nach seiner linken. Sie zogen und zogen, bis sich Uwe tatsächlich etwas bewegte. Aber es reichte nicht.
»Susi, ihr müsst mal von hinten schieben«, forderte Lucifer die Mäuse auf.
Uwe dachte, dass es nicht peinlicher werden könnte, aber da hatte er sich getäuscht. Er schloss die Augen und versuchte, das Bild von schiebenden Mäusen an seinem Hintern aus dem Kopf zu verbannen.
Und tatsächlich rutschte er Stück für Stück aus dem Spalt. Zu seinem Leidwesen gab es ein leises »Plopp«, als er frei war und auf den Boden fiel.
»Danke«, sagte Yvi zu Susi.
»Gern doch. Das war ein Spaß und die Mühe allemal wert. Diese Geschichte vom fluffigen Kater werden wir noch lange erzählen.«
Uwe hätte diese verfluchte Maus zu gern gefressen. Allein der Gedanke ließ ihm das Wasser im Maul zusammenlaufen. Aber er durfte nicht, das sah er dem Blick Lucifers an. Und auch Yvi schüttelte kaum merklich den Kopf.
»Danke«, grollte er Susi entgegen, sah sie aber nicht an.
Dann ging er schnell an den beiden Katzen vorbei. Der Weg war klar erkennbar, wenn auch etwas eng. Er musste in die Knie gehen, so dass sein Bauch fast den Boden berührte. Seitlich eckte er ebenfalls an. *Also an Platzangst darf man hier auch nicht leiden*, dachte er.

Für Mäuse war der Tunnel riesig, für Katzen gerade so begehbar. Wie sollte da der Grundelig durchpassen? Er war immerhin mindestens doppelt so groß wie er.
»Lauf weiter«, befahl Lucifer hinter ihm. »Wenn du stecken bleibst, haben wir ein Problem.«
Uwe lagen allerlei Verwünschungen auf der Zunge, aber er beherrschte sich. So lief er schnell weiter, denn er wollte unbedingt diesen Tunnel hinter sich bringen. Was ihn wohl auf der anderen Seite erwarten würde?
Diese Frage wurde ihm wenige Minuten später beantwortet. Damit hatte er nicht gerechnet. Immerhin mussten sie einen ganzen Gebirgszug durchqueren. Er rechnete damit, das es Tage dauern würde. Doch ein Licht am Ende des Tunnels widerlegte seine Überlegung.
Je näher er dem Licht kam, desto größer wurde es. Er beschleunigte seine Schritte, denn er wollte dieses Grab unter dem Berg so schnell wie möglich verlassen. Noch wenige Schritte, er konnte bereits den frischen Wind riechen. Erst da wurde ihm bewusst, wie sehr es im Namenlosertal gestunken hatte und wie stickig es im Tunnel war. Die frische Luft spornte ihn an. Er bewegte sich so schnell es ihm im Kriechgang möglich war, und dann war er endlich aus dem Tunnel heraus.

Die Alte Welt

Yvi wäre beinahe mit Uwe zusammengeprallt, denn er war nur wenige Schritte hinter dem Ausgang stehengeblieben. Es verschlug ihm praktisch die Sprache, als er seinen Blick über die sanften Hügel gleiten ließ. Hinter den Siebenbergen sah die Welt ganz anders aus. Saftig grünes Gras wiegte sanft im Wind. Blumen blühten in den unterschiedlichsten Farben. Die Bäume und Sträucher trugen leuchtende Blätter.

»Geh weiter«, forderte Yvi ihn auf und schob ihn nach vorn.

Sie ging an ihm vorbei auf die Wiese, schloss die Augen und atmete tief ein. Wie sie diesen Duft vermisst hatte. Das Leben hieß sie wie eine alte Freundin willkommen und lud sie zum Verweilen ein.

Ein Grollen ließ sie zu den Siebenbergen schauen. Der Tunnel zum Namenlosertal war eingestürzt und eine dicke Staubwolke kam ihr entgegen, die sie kurz einhüllte. Lucifer setzte sich zu ihr und wartete, bis sich der Dreck wieder gelegt hatte.

»Nun dürfte es auch für den Grundelig schwierig werden, durch die Siebenberge zu gelangen.«

»Außer er fliegt mit dem Luftschweinchen«, widersprach Susi, die plötzlich hinter ihnen saß. Die kleine Maus schüttelte den Dreck von ihrem Fell und sah die Katzen an.

»Das glaube ich nicht«, antwortete Lucifer. »Das Luftschweinchen ist weit weg.«

Yvi sah den schwarzen Kater fragend an. Was hatte er mit dem Luftschweinchen getan? Doch der Kater ignorierte ihren fragenden Blick.

»Kommt, wir gehen zur Wiese auf der Burg«, sagte er stattdessen. »Wir sollten beratschlagen, was wir mit Uwe machen.«

Yvi nickte und ging voraus. Lucifer trat neben Uwe. »Du wirst dich anpassen und das Menschsein ablegen müssen«, riet er ihm und folgte Yvi.
»Blödmann«, murmelte Uwe. Er hatte es noch nicht aufgegeben, wieder zu einem Menschen werden zu wollen. Wie er das schaffen sollte, wusste er allerdings noch nicht. »Kommt Zeit, kommt Rat«, sprach er sich selbst Mut zu.

Sie liefen über sanfte Hügel. »Wie heißt dieses Land?«, wollte Uwe wissen. Diese schweigsame Wanderung war ihm unangenehm und er wollte so viel wie möglich über die Gegend erfahren.
»Das weiß ich nicht«, antwortete Yvi und gab die Frage an Lucifer weiter. Aber auch dieser konnte keinen Namen preisgeben. Also überlegte sich Uwe einen Namen. Er sah sich um. Hinter ihnen lagen die Siebenberge, deren Gipfel bis in die Wolken ragten. Es waren dunkle und bedrohliche Wolken, die sich aber nur am Gebirge oder dahinter auftürmten. Vor den Siebenbergen war das Wetter geradezu traumhaft. Die Sonne schien vom blauen Himmel, nur hin und wieder war ein kleines Wölkchen zu sehen. Am Boden harmonierten unterschiedliche bunten Blumen perfekt mit den Gräsern und den Sträuchern. *Hier gibt es bestimmt viele Mäuse, die sich in Löchern verkriechen*, überlegte Uwe und ihm lief das Wasser im Maul zusammen. Er merkte gar nicht, dass sich bereits animalische Triebe bei ihm bildeten.
Ganz schwach waren im Hintergrund weitere Berge zu sehen. Egal in welche Richtung Uwe schaute, seine Augen sahen immer eine Barriere.
»Ist das ein Hochtal?«, fragte er Yvi und schloss zu ihr auf. »Überall sehe ich Berge. Was ist hinter den Bergen und wie heißen diese?«
Yvi sah ihn von der Seite an. Uwes schwarzes Fell leuchtete in der Sonne. Sein Gang hatte sich verbessert und schon bald würde er

ganz normal laufen. Nur seine Augen waren noch menschlich. Ob sich das jemals ändern würde?
»Du hast recht. Wir befinden uns in einem Hochtal. Die Siebenberge liegen hinter uns. Die Berge im Osten heißen Achterberge, die im Süden heißen Neunerberge und ...«
»Lass mich raten«, unterbrach sie Uwe. »Die Berge im Westen heißen dann wohl Zehnerberge?«
Yvi lachte. Es war ein wunderschönes Lachen, so hell und ehrlich. Und es erreichte ihre Augen. Die hübsche Katze schien über das ganze Gesicht zu strahlen.
»Nein, aber dein Gedanke ist nicht schlecht. Im Westen heißt der Gebirgszug Donnerberge.«
»Warum das? Donnert es dort ständig?«, fragte er lachend. Es war als Scherz gemeint, aber er lag genau richtig mit seiner Vermutung.
»Ja, wenn du dich den Bergen näherst, dann wirst du den Donner hören.«
»Warum donnert es dort?«
»Weil die Riesen in den Donnerbergen mit ihren Keulen Kämpfe austragen. Wenn die Keulen zusammenstoßen, donnert es.«
Die Erklärung war für Yvi ganz selbstverständlich. »Die Kobolde nutzen die Donnerberge, um ihren Topf mit Gold zu verstecken. Niemand würde freiwillig diese Berge betreten und riskieren, zwischen die kämpfenden Riesen zu geraten.«
Uwe zuckte mit den Schultern. Was sollte er dazu sagen?! Er nahm diese Informationen zur Kenntnis und grübelte noch immer über einen Namen für das Tal. »Hohengrüntal«, fiel ihm plötzlich ein. Der Name war so simpel, er würde ihn sich merken können.
»Was sagst du?«, wollte Yvi wissen.
»Der Name für dieses Hochtal. Ich finde ihn passend.«
Yvi überlegte. »Hohengrüntal«, wiederholte sie langsam, als müsse sie jeden Buchstaben prüfen und auf der Zunge zergehen lassen.

Ja, der Name gefiel ihr. »Lucifer, Uwe hat einen Namen für unser Hochtal gefunden«, sagte sie mit etwas Stolz in der Stimme.
»Es ist das Hochtal und damit fertig«, sagte Lucifer und lief etwas schneller, um die Distanz zu Uwe und Yvi zu vergrößern. »Es gibt kein weiteres Tal, also braucht es auch keinen Namen.«
»Ich finde den Namen gut. So werden wir das Tal ab sofort nennen«, erklärte Yvi und hob selbstbewusst ihr Schnäuzchen.
Lucifer mochte Uwe nicht, das hatte sie sofort erkannt. *Hoffentlich hasst er ihn nicht*, dachte sie. Das würde alles verkomplizieren.
Die drei Katzen liefen im schnellen Tempo zur Mitte des Hohengrüntals. Sie brauchten dafür den ganzen Tag und erst als die Dämmerung hereinbrach, gelangten sie an ihr Ziel.
»Wie kann das sein?«, fragte sich Yvi und drehte sich zu den Bergen um.
Die Siebenberge waren nur noch schemenhaft zu erkennen, die dunklen Wolken gar nicht mehr. Darüber war Yvi sehr froh, doch es war eigentlich gar nicht möglich. Wenn sie sonst den Weg zu den Siebenbergen auf sich nahm, konnte sie binnen kurzer Zeit den Tunnel der Mäuse erreichen und war auch genauso schnell wieder zurück. Das lag an der Magie des Hochtals, hatte ihr Lucifer einmal verraten. Genauso wie im Tunnel der Mäuse Raum und Zeit keine Bedeutung hatten, so betraf dies auch den Weg von den Siebenbergen.
Doch nun hatten sie tatsächlich einen ganzen Tag gebraucht, wie es eigentlich ohne Magie auch richtig war. Verließ etwa die Magie diesen Ort? Darüber wollte und konnte Yvi nicht nachdenken. Zuviel Angst hatte sie vor der Antwort, auf die sie bei weiteren Grübeleien stoßen musst.
Ihr Weg führte sie durch einen Mischwald. Hier war es bereits sehr dunkel, denn die Bäume standen eng zusammen und ihre Äste sperrten das verbliebene Tageslicht aus. Zuerst wurde Uwe gar nicht bewusst, dass er in der Dunkelheit gut sehen konnte.

Er stolperte nicht über hervorschauende Wurzeln oder Äste, die auf dem Boden lagen. Nur langsam wurde ihm bewusst, dass es im Wald schon ziemlich dunkel war und er eigentlich nichts mehr erkennen dürfte. Aber mit der Zeit hatte er dennoch Probleme. Seinen Augen waren die eines Menschen, aber sie begannen, sich zu verändern.
Zwischen den Bäumen erschienen plötzlich helle Punkte. Uwe glaubte zuerst, dass seine Augen ihm Probleme bereiten würden, doch als sich die Punkte bewegten, kreuz und quer im Wald umherflogen, da zweifelte er an seinem Verstand.
Die hellen Punkte wurden größer und kamen immer näher. Yvi und Lucifer schienen davon unbeeindruckt. Entweder sie sahen die Punkte nicht und Uwe wurde verrückt, oder von ihnen ging keine Gefahr aus.
Yvi sah nach hinten. Uwe war etwas zurückgefallen. Er lief nur sehr langsam und starrte auf etwas, das zwischen den Bäumen sein musste. Sie blieb stehen, folgte seinem Blick und lächelte.
»Das sind Glühwürmchen«, erklärte sie ihm, als er zu ihr aufgeschlossen hatte.
»Das wusste ich«, antwortete Uwe selbstbewusst. Sein Blick sprach aber eine andere Sprache, doch Yvi beließ es dabei.
»Deine Augen«, murmelte sie, als er dicht vor ihr stand.
»Was ist mit denen?« Er tastete nach seinem pelzigen Gesicht, als ob er die Veränderung seiner Augen so erfühlen könnte.
»Sie verändern sich. Deine Pupillen sehen nicht mehr ganz rund aus.«
Mist, dachte er. *Ich muss schnell einen Weg finden, wieder ein Mensch zu werden.*
Die Glühwürmchen hatten die Katzen eingeholt. Sie schwirrten um sie herum, zwischen ihnen hindurch und eines setzte sich auf Yvis Kopf. Jetzt konnte Uwe das leuchtende Wesen erkennen. Er wusste, wie Glühwürmchen aussahen. Hübsch und geheimnisvoll

wirkten sie in der Nacht, wenn sie leuchteten. Am Tag waren sie einfach nur hässliche Käfer.
Noch ein Glühwürmchen setzte sich auf den Kopf der Katze und bald sah es so aus, als würde Yvi eine Krone aus Licht tragen. Uwe starrte sie an. Er konnte einfach nicht anders. In ihren Augen spiegelte sich das Licht wider, sie leuchteten in einem blaugrauen Schimmer. »Ein Traum«, murmelte er und kam dichter an Yvi heran. »Du bist ein Traum in einer verrückten Welt, die ich mir gerade erträume.«
Yvi senkte verlegen den Blick. Dadurch wurde der Bann gebrochen und Uwe fand zu sich selbst zurück. »Schade«, murmelte er.
Die Glühwürmchen flogen wieder los, nur eines setzte sich auf die Nase des Katers. »Bewahr dir deine Welt, in der ein Traum viel mehr als jede Wahrheit zählt. Dann ist es egal, wer oder wo du bist«, sagte es mit einer hohen Stimme und flog dann davon.
Was sollte dieser Spruch? Und wieso verstand er ein Glühwürmchen? »Der Schaden in meinem Kopf muss irreparabel sein«, mutmaßte er und schüttelte sich. Doch als er Yvi ansah, überlegte er ernsthaft, ob solch ein Schaden wirklich schlimm war.
»Kommt endlich!«, rief Lucifer und riss Uwe aus seinen Grübeleien.
Yvi sah erschrocken zu dem Kater und folgte ihm sofort.
»Der mit seinem blöden Gehabe«, schimpfte Uwe. »Der soll sich mal nicht so aufspielen.«
Aber auch er folgte Lucifer. Was blieb ihm anderes übrig? Er wusste nicht, wo er sich befand und wie es weitergehen sollte.
Die Glühwürmchen begleiteten sie. Mittlerweile war die Nacht hereingebrochen und die kleinen Leuchtkäfer flogen singend und lachend durch den Wald. Es war ein zauberhafter Anblick. Uwe hatte zuhause noch nie ein Glühwürmchen gesehen und hier unterhielt er sich mit ihnen.

Seine Augen konnten nun nicht mehr die Dunkelheit durchdringen und er stolperte über Äste und Wurzeln auf dem Boden. Da kamen die Glühwürmchen zu ihm und flogen dicht über dem Boden. Es sah so aus, als ob sie einen leuchtenden Teppich bilden würden. Uwe hatte schon Angst, er würde auf einen Leuchtkäfer treten, aber das geschah nicht. Bevor er eine Pfote auf den Boden setzen konnte, flog das Glühwürmchen, das dort saß, schnell davon.

Der Wald lichtete sich. Ein Hügel erschien, auf dem eine Ruine zu erkennen war. Der Mond stand groß am Himmel und neben ihm war ein kleiner Mond zu sehen. Nicht zum ersten Mal an diesem Tag verschlug es Uwe die Sprache. Während Yvi und Lucifer weiterliefen starrte er den kleinen Bruder des Mondes an.

»Ich bin nicht mehr auf der Erde«, erkannte er. Das war der untrügliche Beweis dafür. Seine Hoffnung schwand, dass er nach Hause zurückkehren konnte. Was würde als nächstes auftauchen?

»Uwe«, wurde er gerufen und sah zu Yvi, die bereits ein gutes Stück vorausgelaufen war. »Komm, wir sind gleich da. Dann lernst du die anderen kennen.«

Ob ich das will?, fragte er sich. Aber er hatte mal wieder keine Wahl, also trottete er den Hügel hinauf.

Oben angekommen durchquerte er die Ruine. Hier musste einst eine große Burg gestanden haben. Mächtige Mauern erhoben sich in den nächtlichen Himmel, große Trümmerberge lagen überall verstreut. Die Vernichtung der Burg war verheerend, denn kein Gebäude war erhalten geblieben.

Ihr Weg führte sie an den Mauerresten vorbei in die Mitte der Anlage. Dort war eine große Wiese mit einigen großen Steinen und kleinen Sträuchern zu sehen. Blumen wuchsen hier, deren Blütenblätter mit einem weichen Fell überzogen waren. Zwei Katzen lagen unter den Sträuchern und standen auf, als sie die drei anderen auf sich zukommen sahen.

Doch bevor Uwe mit ihnen bekannt gemacht wurde, rief ihn Yvi zu sich. »Komm, ich will dir noch etwas zeigen.«
Er folgte ihr auf eine Mauer. Von dort aus hatten sie einen sehr guten Blick über die Umgebung. Der Mond schien über das Hohengrüntal und tauchte es in ein silbernes Licht.
»Schau mal«, sagte Yvi und deutete mit ihrer Pfote nach Westen. Dort stand ein Baum, der den Wald weit überragte. Seine Krone schien mit dem Himmel zu spielen und er hatte seine weit verzweigten Äste schützend über den Wald ausgebreitet.
»Das ist der Lebensbaum. Ein Ort voller Magie«, erklärte Yvi.
Und vielleicht meine Chance, nach Hause zu kommen, führte er den Satz Yvis gedanklich fort.
»Dort kannst du das Leben am intensivsten spüren. Er ist der Quell unserer Existenz.«
Uwe sah sie erstaunt an. »Soll das heißen, dass du stirbst, wenn der Baum stirbt?« Solch eine Geschichte hatte er schon einmal gehört. Sie hatte sich aber nur in Büchern abgespielt und war nicht real gewesen.
»Das weiß keiner«, antwortete Yvi ausweichend. »Aber der Lebensbaum wird so genannt. Ich möchte es nicht herausfinden. Außerdem geht es dem Lebensbaum gut.«
Sie sprang von der Mauer herunter. Uwe sah noch eine Weile den Baum an. Er konnte ihn nur schemenhaft erkennen und würde aus der Distanz und bei Dunkelheit eine Erkrankung des Baumes nicht sehen können. Aber ihn beschlich ein ungutes Gefühl, je länger er grübelte. »Wie war das noch in dieser Geschichte gewesen?«, überlegte er laut. Er wusste es einfach nicht, aber sie hatte kein gutes Ende genommen.

Rivalitäten und Liebeleien

»Komm, ich stelle dich den anderen vor«, forderte Yvi ihn auf.
Nur mühsam konnte er den Blick vom Lebensbaum lösen. Er folgte der Katze und fand sich wenig später in der Mitte der Wiese wieder.
Maggie sah Uwe an. Sie lief um ihn herum, musterte ihn von der Schnauze bis zur Schwanzspitze. »Na du bist aber fett«, sagte sie angewidert. »Und erst deine Augen. Du solltest sie geschlossen halten.«
Uwe stampfte erbost mit seinen Vorderpfoten auf. »Ich bin nicht fett, ich bin fluffig.«
»Fluffig?«, wiederholte Maggie und brach in schallendes Gelächter auf. »Das ist gut. Das muss ich mir merken. Fluffig!«
Verärgert drehte sich Uwe um. *So ein Mist*, dachte er. *Jetzt verhalte ich mich definitiv wie eine Katze. Fluffig! Ich kann nicht fluffig sein.*
Maggie maß ihn mit einem verächtlichen Blick. Ihr gefiel nicht, was sie sah. »Lucifer erzählte schon, wo du herkommst. Ein Kater, der aus einem See kriecht wie ein Fisch. Aber schmackhaft siehst du nicht aus.«
»Ich schmecke auch nicht«, stimmte Uwe zu. »Und wer bist du, arrogante Tusse? Du hast auf jeden Fall viel mit Lucifer gemeinsam.«
»Ich heiße Maggie und ich bin eine Katze von Welt«, stellte sie sich vor. »Natürlich habe ich viel mit Lucifer gemeinsam, denn wir gehören zusammen.«
Sie ging zu dem Anführer der Gruppe und schmiegte sich an ihn. Lucifer ließ es geschehen, denn er wollte von Anfang an klar stellen, dass Maggie ihm gehörte.

»Keine Sorge, ich treibe es nicht mit Katzen«, erwiderte Uwe unbedacht. Im selben Moment, als er die Worte ausgesprochen hatte, taten sie ihm auch schon wieder leid. Weniger wegen Maggie, als vielmehr wegen Yvi.
Sie sah ihn aus traurigen Augen an. Aber er hatte doch Recht! Er war ein Mensch, kein Kater!
»Hallo, du da«, unterbrach Oscar das angespannte Schweigen. »Wie lebt es sich denn so im Spiegelsee?« Er setzte sich neben Uwe und schubste ihn mit der Schulter an. »Bist ganz schön kräftig gebaut, nicht wahr? Ich bin Oscar, der Schlaue hier in der Runde.«
Uwe sah den schwarz-weißen Kater eine Weile an. Dann schubste er zurück. »Ist kalt dort und nicht sehr bequem. Darum bin ich auch aus dem See herausgekrochen. War mir doch irgendwie zu nass.«
»Ich mag dich«, antwortete Oscar darauf. »Du bist wirklich dufte.«
Die Sympathie beruhte auf Gegenseitigkeit. Uwe konnte Oscar jetzt schon gut leiden. *Dann mag ich immerhin zwei von vier Katzen. Bin also nicht allein.*
»Uwe, wenn du bei uns bleiben willst, dann musst du dich gewissen Regeln unterwerfen«, begann Lucifer seinen Vortrag, den er sich während des Tages gut überlegt hatte. »Du kennst dich nicht aus. Weder, welche Gefahren es hier im Umfeld gibt, noch wie du dich als Katze verhalten musst. Darum befolge meine Anweisungen ohne Widerrede, dann bringst du weder dich noch die anderen in Gefahr. Tust du das nicht, musst du gehen.«
Uwe lagen eine große Anzahl von passenden Antworten auf der Zunge. Aber er wusste auch, wann er diplomatisch sein musste. Und so ungern er es zugab, so hatte Lucifer doch Recht.
»Wir helfen uns gegenseitig«, fuhr Lucifer fort. »Es gibt keine Alleingänge. Du darfst das Hochtal nicht verlassen. Das dient dei-

nem eigenen Schutz. Gehst du auf die Jagd, wird die Beute hierher gebracht und mit allen geteilt. Das sind die wichtigsten Regeln. Den Rest kann dir Yvi erklären. Hast du mich verstanden?«
Sie saßen in einem Kreis auf der Wiese und jede Katze sah den Neuankömmling erwartungsvoll an. Nur Yvi sah beiseite, als er seinen Blick auf sie heftete. War sie tatsächlich sauer auf ihn? Sein Spruch von vorhin war ja eigentlich gar nicht böse gemeint gewesen. Das musste sie doch verstehen!
»Was ist?«, hakte Lucifer nach. »Ich warte.«
»Ich habe dich schon verstanden«, antwortete Uwe etwas schärfer als gewollt. »Du bist hier der Oberguru und alle haben nach deiner Pfeife zu tanzen. Ich mache das mit.« *Vorerst*, fügte er in Gedanken hinzu.
Er brauchte ganz einfach Zeit, um seine Lage genauer zu ergründen und eine Lösung zu finden. Dabei wollte er unbedingt den Lebensbaum für sich nutzen. Magie brachte ihn hierher, als musste diese ihn auch nach Hause schicken können.
»Ich behalte dich im Auge«, warnte ihn Lucifer, stand auf und verschwand im Dunkel der Nacht.
Uwe fand die Warnung völlig unnötig. Seit seiner Ankunft hatte der arrogante Kater ihn nie aus den Augen gelassen. Er kannte Männer wie ihn. Katzen waren den Menschen in ihrem Verhalten manchmal sehr ähnlich. Solche Führungspersönlichkeiten waren schwierig im Umgang und sie duldeten selten einen Widerspruch. Uwe war in der schlechteren Ausgangslage. Aber das konnte sich auch bald ändern.
»He, Mieze, alles gut bei dir?«, wollte er von Yvi wissen und setzte sich zu ihr.
»Ja«, sagte sie kurz angebunden und sah in die andere Richtung.
»Willst du mir etwas über das Katzendasein verraten?«
»Nein.«

»Gibt es auch Katzen, die nur vegetarisch oder sogar vegan leben? Immerhin habt ihr beide nicht die Mäuse gefressen im Namenlosertal.«
»Vegetarisch? Nein, ich glaube nicht.«
»Stimmt es, dass das Leben einer Katze nur aus Fressen, Schlafen, Pullern, Jagen, wieder Fressen und wieder Schlafen besteht?«
»Kann sein.«
»Hast du einen Freund?«
»Oscar ist mein Freund.«
»Der? Der ist ja nett, aber ...«
»Er ist nur mein Freund«, zischte Yvi, stand auf und entfernte sich von Uwe.
Dieser folgte ihr. »Magst du Lucifer?«
»Jeder mag ihn.«
»Also ich nicht. Der ist so arrogant und gehässig und ...«
»... du etwa nicht?«, unterbrach ihn Yvi.
»Was hab ich denn gemacht?«
»Denk einmal darüber nach.«
»Na mache ich doch schon. Warum bist du sauer?«
»Ich bin nicht sauer.«
»Doch, eindeutig. Du bist so sauer, dass selbst saure Sahne wie Zucker schmecken würde.«
»ICH BIN NICHT SAUER!«, schrie ihn Yvi an, dann rannte sie davon.
»Also, ich denke mal schon, Mieze«, rief ihr Uwe nach.
»Yvi hat eine empfindsame Seele«, sagte Oscar und kam auf ihn zu. Er setzte sich zu Uwe und sah in die Richtung, in der die Katze verschwunden war.
»Manchmal kommt es mir so vor, als hätte ihre Seele keinen Katzenkörper bekommen sollen. Als wäre sie aus Versehen da hineingeraten.«

»Wie meinst du das?«, wollte Uwe genauer wissen. Hätte er es gekonnt, dann hätte er die Stirn gerunzelt.
»Es ist so ein Gefühl. Schon als es die Burg noch gab, fühlte sie sich mehr zu den Menschen hingezogen, als wir es normalerweise tun. Sicherlich wissen wir, wie wir von den Menschen bekommen, was wir wollen. Man muss sein Personal bei Laune halten, aber auch mit strenger Hand regieren. Aber Yvi ...«
Er schwieg kurz, als suche er nach den richtigen Worten. »Yvi hat sich nicht streicheln lassen. Sie wollte eher Aufgaben von Menschen übernehmen, in der Küche helfen und sich kleiden.«
»Sich kleiden?«, wiederholte Uwe ungläubig. »Du meinst, sie hat Kleidung getragen?«
»Ja, die von kleinen Kindern. Ein Schleier hier, einen Umhang dort. Besonders schlimm wurde ihr Verhalten, als die Hochzeit des Königspaares anstand.«
»Ihr hattet hier ein Königspaar?«
»Ja, natürlich. Das hier ist ein Königreich mit vielen Menschen gewesen.«
»Also Menschen habe ich hier noch keine gesehen. Wo sind die alle hin?«, wollte Uwe aufgeregt wissen.
»Viele sind gestorben, manche sind ins Namenlosertal gegangen.«
»Also dort kann man doch nicht leben«, widersprach Uwe.
»Ich weiß nicht, wie es dort jetzt aussieht«, musste Oscar gestehen.
»Was ist hier passiert?«, hakte Uwe nach. Seine Neugierde war geweckt. Diese Ruinen auf dem Hügel, das tote Namenlosertal und der Grundelig - hier galt es, Geheimnisse zu lüften.
»Der Tag der Hochzeit war ...« Oscar stockte und sah in den Sternenhimmel. »Yvi hatte sich so darauf gefreut«, setzte er neu an. »Sie fand die Braut wunderschön und sprach seit Tagen davon, auch eines Tages ein Brautkleid zu tragen. So wollte sie die Liebe

ihres Lebens heiraten.« Er sah Uwe an. »Als ob es Hochzeiten bei uns Katzen geben würde.«

»Kann man ja einführen«, schlug Uwe vor, aber Oscar hörte ihm gar nicht zu.

»Der Grundelig wartete auf diesen Tag. Die meisten Menschen der Burg waren als Gäste geladen, nur wenige Wachen waren aufgestellt worden. Lucifer teilte deshalb alle Katzen der Burg als Wachen ein. Er spürte, dass Unheil drohte. Er sollte Recht behalten, denn ...«

»Oscar, du redest zuviel«, unterbrach ihn Lucifer. Er kam langsam aus der Dunkelheit gelaufen, seine Augen leuchteten auf, denn Glühwürmchen schwirrten neben ihm her. Es sah aus, als wäre der Leibhaftige aus der Hölle emporgestiegen, und habe gleich sein Gefolge mitgebracht.

»Du solltest schlafen. Geh!«

Oscar gehorchte sofort. »Schon so spät? Kommen die Glühwürmchen am Himmel auch mit ins Bett?« Er lief langsam los, drehte sich im Kreis und versuchte, nach seinem Schwanz zu schnappen.

Uwe sah Oscar skeptisch an. Warum verhielt er sich plötzlich wie ein Trottel, wo er doch gerade noch so ernst gesprochen hatte?

»Nein, denn das sind Sterne. Das weißt du. Und jetzt geh«, wies ihn Lucifer an.

Als Uwe mit Lucifer allein war, fragte er ihn: »Warum darf ich nicht wissen, was hier passiert ist?«

»Du musst nicht alles wissen«, bekam er eine ausweichende Antwort.

Warum verhielt sich Lucifer nur so abweisend ihm gegenüber? Sein Verhalten ging Uwe mittlerweile ziemlich auf die Nerven.

»Wie hieß die Burg denn eigentlich?«, wollte Uwe wissen.

»Sie hatte keinen Namen«, erklärte Lucifer etwas genervt. »Es gab nur eine ...«

»... Burg, darum brauchte sie keinen Namen«, unterbrach ihn Uwe. »Deine Antworten könnten auch einfallsreicher sein.«
»Warum fragst du, wenn du die Antwort schon kennst?«, wollte Lucifer wissen und ging an ihm vorbei »Mir geht deine Fragerei auf die Nerven.«
Er blieb stehen, stellte seine Ohren auf und drehte die Ohröffnungen nach hinten. Sein Schwanz schlug kräftig hin und her.
Uwe kannte die Sprache der Katzen gut, darum wusste er, dass dieses Verhalten einer Drohung gleichkam. Ein Kampf unter Katern stand bevor und dieser Gedanke gefiel Uwe.
»Wie wäre es, wenn du mal mit diesem arroganten Gebaren aufhören würdest?«, schlug ihm Uwe vor und ahmte Lucifers Haltung nach. *Wie kämpft eigentlich eine Katze?*, fragte er sich. Er würde es gleich herausfinden.
»Kein Wunder, dass du den Namen Lucifer trägst«, stichelte er weiter. Er wollte den Kampf und diesem Kater endlich mal zeigen, dass er hier der Stärkere war. »Du bist der leibhaftige Teufel, aufgestiegen aus der Hölle, und genauso dämlich. Du versprühst doch nur so viel Testosteron, weil du sonst ein kleiner, nichtssagender ...«
Lucifer stürzt sich mit einem Fauchen auf Uwe. Krallen bohrten sich in seinen Körper, er wurde in das linke Ohr gebissen und fiel zu Boden. Es ging alles so schnell. Er hatte den Angriff noch nicht einmal kommen sehen.
Zuerst versuchte er, den Kater wie ein Mensch von sich zu stoßen. Als dies misslang, wollte er ihn in den Bauch boxen. Aber er konnte keine Faust mit seiner Pfote machen. Lucifer war eindeutig im Vorteil und Uwe hatte sich hoffnungslos überschätzt. Er musste etliche, teils tiefe Kratzer in Kauf nehmen und blutete aus einigen Wunden. Immer wieder versuchte er, Lucifer ebenfalls zu beißen und zu kratzen, aber sein Gegner war schnell und wendig. Nur wenige Treffer musste dieser einstecken.

»Hört auf!«, war eine befehlende Stimme zu hören.
Doch die beiden Kontrahenten kämpften unerbittlich weiter. Uwe wollte nicht aufgeben. Immerhin konnte er nun seine Krallen benutzen, und wusste immer besser, sich wie ein Kater zu verhalten. Aber er hatte gegen Lucifer keine Chance. So plötzlich, wie der Kampf begonnen hatte, war er auch zu Ende.
Lucifer ließ von ihm ab und entfernte sich ein paar Schritte. Uwe blieb einige Augenblicke mit geschlossenen Augen auf dem Boden liegen. Sein Herz raste, jeder Teil seines Körpers tat ihm weg.
»Du solltest erst in einen Kampf ziehen, wenn du dir sicher bist, ihn auch gewinnen zu können. Dein Hochmut kann dich das Leben kosten«, ermahnte ihn Lucifer. »Und er bringt uns in Gefahr. Mäßige dich.«
Uwe sah ihn aus müden Augen an. Der Kater wirkte gar nicht, als hätte er sich gerade geprügelt. Sein Fell war nicht struppig, er hatte kaum Kratzwunden und saß völlig entspannt vor ihm.
»Was hast du dir dabei gedacht?«, hörte er Yvi fragen. Sie trat in sein Sichtfeld, ihre Augen blitzten wütend auf. »Du kannst es nicht mit Lucifer aufnehmen. Er hat den Grundelig besiegt.«
»Besiegt würde ich das nicht nennen«, stichelte Uwe schon wieder. »Immerhin ist er wieder da und ...«
»Nun sei doch einmal ruhig. Du weißt gar nichts von uns. Also solltest du vorsichtig mit deinen Behauptungen sein.«
Yvi rannte davon. *Was habe ich denn jetzt schon wieder gesagt?*, fragte sich Uwe.
»Dummkopf«, beschimpfte ihn Maggie und lief an ihm vorbei. Sie setzte sich zu Lucifer und schmiegte sich an ihn. »Du hättest den Störenfried auch töten können«, sagte sie zu ihm. »Warum hast du ihn so glimpflich davon kommen lassen?«
»Es kommen schwere Zeiten auf uns zu«, sagte er geheimnisvoll. »Wir können jede Hilfe dringend gebrauchen.«

»He du«, kam Oscar hinzu und stupste Uwe an. »Sich mit dem Chef anzulegen ist keine gute Idee. Man könnte meinen, du wärst so dumm wie ich, hihi.«

»Also wenn du eines nicht bist, dann dumm«, widersprach Uwe und richtete sich auf.

Er maunzte, was einem menschlichen Stöhnen entsprechen sollte. Jede Bewegung tat ihm weh, wohl keine Stelle seines Körpers war verschont geblieben. Wie sollte er so nach einem Heimweg suchen?

»Bring ihn zum Lebensbaum«, erteilte Lucifer Oscar einen Befehl, stand auf und ging mit Maggie fort.

»Also komm, du Held«, sagte Oscar darauf und stupste Uwe erneut an. Beinahe hätte ihn diese Berührung zu Boden geworfen, aber er konnte sich aufrecht halten.

Widerstandslos folgte er dem Kater. Sie liefen durch die Ruinen der Burg ohne Namen und stiegen den Hügel hinab. Es ging durch den Wald, und schon bald hatte Uwe die Orientierung verloren.

Er wusste nicht wie, aber plötzlich stand er auf einer großen Lichtung. In der Mitte thronte ein Baum, den es so nur einmal auf der Welt gab. Von der Burgruine aus hatte er gar nicht so hell geleuchtet.

Oscar trat aus dem Wald auf die Lichtung und begab sich in das sanfte Licht des Lebensbaumes. Uwe folgte ihm langsam und starrte nach oben. Er konnte den Blick nicht von den hinab fallenden Blättern nehmen. Sie zerfielen, sobald sie den Boden berührten und sogleich erwuchs an jener Stelle eine Blume. Die auffliegenden Lichtkugeln verzückten ihn und ganz schwach, am Rande des Hörbaren, konnte er eine Melodie vernehmen.

Am silbernen Stamm des Baumes angekommen, legte er sich in das weiche Gras. Er wollte diesem zauberhaften Schauspiel des Lebensbaumes weiter zusehen, aber seine Augenlider waren unendlich schwer. Er schloss die Augen und schlief sofort ein.

Es war seine erste Nacht in der Alten Welt und er sollte den Zauber dieses Ortes in einem Traum erfahren.

Der Lebensbaum

Uwe schlug die Augen auf. Er sah sich um, drehte sich einmal im Kreis und fragte sich, wo er denn nun schon wieder war. Verwirrt kratzte er sich am Kopf und fuhr sich mit der Hand über das Gesicht.

Eine Hand? Er streckte seine Arme aus. Tatsächlich, er hatte keine Pfoten mehr, sondern Hände. Das schwarze Fell war verschwunden, er stand aufrecht und hatte auch keine Katzenohren mehr.

»Ich bin wieder ein Mensch«, freute er sich. »Wie ist das denn passiert?«

Er musste sich am ganzen Körper abtasten und auch überprüfen, ob er seinen langen Schwanz am Hintern verloren hatte. Ja, alles weg. Er stieß einen Freudenschrei aus und klatschte in die Hände. Das Geräusch, dass er damit verursachte, hallte mehrfach wider. Das brachte ihn zu der Frage zurück, wo er sich eigentlich befand. Stille kehrte wieder ein. Er ging in die Knie, um den Boden zu berühren. Dieser war genauso hell wie seine Umgebung. Der Boden fühlte sich weich und warm an. Doch als er mit der Faust drauf schlug, schien er hart wie Beton. Wenn er sanft seinen Finger gegen den Boden drückte, dann bildete sich eine Kuhle.

»Eigenartig«, murmelte er.

Dann stand er auf. Ein Schwindel erfasste ihn, denn sein Gleichgewichtssinn hatte große Probleme, oben und unten zu unterscheiden. Alles sah gleich aus, Himmel wie Boden. Er konnte nicht sagen, wo oben und unten war. Der Schwindel wurde schlimmer, kleine Blitze erschienen vor seinen Augen und dann gaben seine Knie nach.

Er fiel zu Boden und schlug hart auf. Stöhnend versuchte er, sich wieder aufzurichten, aber seine Hände sanken ein. Es schien ihm,

als würde er auf Treibsand liegen. Zuerst verschwanden seine Hände im Boden, dann folgten seine Arme. Er versuchte, sich aus der Falle heraus zu ziehen, wollte sich aufstellen. Aber da sanken seine Füße, dann seine Beine ein. Panik kam in ihm auf, sein Herz schlug ihm bis zum Hals.
»Hilfe«, schrie er laut. Aber seine Worte hallten nicht wider, als würden sie aufgenommen und wegtragen werden.
Bald waren Arme und Beine verschwunden und der Oberkörper folgte. Als sich sein Kopf dem Boden näherte, schloss er mit seinem Leben ab.
Zum Schluss war ich wenigstens wieder ein Mensch, dachte er. Dann verschlang ihn der Boden und er sah nichts mehr.

»Wer bist du?«, wollte eine quiekende Stimme wissen. »He, nicht schlafen!«
Uwe versuchte, den Störenfried mit einer Handbewegung zu verjagen. Aber dieser ließ nicht locker und stupste ihn immer wieder mit einem Stock an.
»Menschen dürften gar nicht hier sein. Warum lässt dich der Lebensbaum in sein Innerstes?« In diese Worte mischte sich immer wieder ein Grunzen.
Ein Grunzen?! Nun musste Uwe doch nachsehen, wo er sich befand. Mühsam öffnete er die Augen. Er fühlte sich so wohl und erfrischt wie schon lange nicht mehr. Ein angenehmes Gefühl breitete sich in seinen Gliedern aus. Weder Schmerzen quälten ihn, noch irgendwelcher Kummer.
Das änderte sich, als er in eine Steckdosennase sah. Er schreckte hoch und kroch zurück, bis er gegen etwas Hartes stieß. Hinter ihm war ein silberner Stamm, der so hell leuchtete, dass es schon fast in den Augen schmerzte. Uwe sah wieder nach vorn, doch der Anblick war nicht viel besser. Vor ihm saß ein Schwein. Es

hatte einen Stock in der Pfote und fixierte ihn mit einem Blick, der wohl gefährlich wirken sollte.
»Das ist nicht echt«, wollte er sich einreden. »Ich liege in einem Krankenhaus im Koma und träume einen Unsinn nach dem anderen.«
Das Schwein stand auf und kam näher. Uwe wollte davon kriechen, aber der silberne Baumstamm hinderte ihn daran. Dann nahm das Schwein einen anderen Stock, der am Boden lag, und pikste Uwe erneut in den Bauch.
»Au«, schrie dieser. »Was soll das, du Schnitzel?«
»Du träumst nicht«, antwortete das Schwein. »Oder meinst du etwa, im Traum könnten Schweine fliegen?«
Bevor Uwe darauf antworten konnte, breiteten sich hinter dem Schwein kleine rosafarbene Flügel aus. Es sprang in die Höhe und flog hin und her.
Uwe sparte sich nun eine Antwort und er wollte auch gar nicht darüber nachdenken.
»Ich bin ein Luftschweinchen, das einzige weit und breit.«
»Wo hast du denn die Flügel her?«, wollte Uwe wissen. Er konnte sich ebenso der Situation hingeben und seinen Spaß damit haben.
»Eine Fee hat sie mir geliehen. Dafür muss ich allerdings einmal im Jahr eine gute Tat vollbringen.« Das Luftschweinchen setzte sich zu Uwe in das Gras.
»Hast du die schon vollbracht?«, wollte er neugierig wissen.
»Ja, ich habe Yvi ins Namenlosertal getragen. Du kannst also nichts von mir bekommen.«
»War einen Versuch wert.« Uwe sah sich um.
Er saß auf einer Wiese mit saftig grünem Gras. Die Wiese war hell erleuchtet, aber er konnte einen Wald am Rand entdecken, der in Dunkelheit gehüllt war. Sterne schienen vom Boden aufzusteigen, geboren von bunten Blumen. Blätter fielen hinab und eine kaum

hörbare Melodie war zu vernehmen. Aber er war nicht wach, das wusste er, denn die Geräusche wirkten unnatürlich.
»Das ist der Lebensbaum«, erklärte das Luftschweinchen. »Er ist der Quell unserer Existenz.«
Wieder diese Worte. Schon Yvi hatte sie benutzt. Darum stellte er dem Luftschweinchen dieselbe Frage, wie einst der roten Katze. Diesmal bekam er eine Antwort.
»Ja, wenn der Lebensbaum stirbt, dann können wir nicht mehr leben. Und das wird schon bald der Fall sein.«
Diese Aussage überraschte Uwe. Er stand auf und lief um den Baum herum. Dazu brauchte er eine ganze Weile. Selbst die Mammutbäume auf der Erde waren bedeutend kleiner als dieser Lebensbaum. Als er seinen Blick nach oben richtete, konnte er glitzernde Blätter und Äste erkennen. Er ging zum Rand der Lichtung, um den Baum in seiner ganzen Größe zu sehen, aber die Krone war nicht zu erkennen. Seine Äste breiteten sich weit über die Lichtung hinaus über den dunklen Wald aus. Aber nur hier fielen die Blätter zu Boden und stiegen als kleine Lichtkugeln wieder auf. Der Baum wirkte gesund.
Das Luftschweinchen begleitete ihn. Es flog ständig um ihn herum, dann in die Höhe, setzte sich auf einen Ast und kam wieder zu ihm herab.
»Ich kann nicht erkennen, dass der Baum stirbt«, sagte Uwe leise.
»Komm mit«, forderte das Luftschweinchen ihn auf. Es flog voraus und er folgte.
»Da, schau dir diese Stelle auf der Wiese an.« Es deutete auf eine braune Stelle auf dem Boden. Kein Gras wuchs dort und auch keine Blume.
Uwe kniete sich hin. Er berührte den Boden und nahm die Erde auf. Sie fühlte sich trocken an und als er an ihr roch, nahm er einen verbrannten Geruch wahr. *Wie kann das sein?,* fragte er sich.

Die glitzernden Lichtkugeln verbargen die Krankheit des Lebensbaumes, aber Uwe wusste nun, wonach er suchen musste. Als er über die Wiese lief und am Boden nach schwarzen Flecken Ausschau hielt, fand er diese in großer Anzahl.

Er sah nach oben, denn er hatte den Kreislauf des Baumes verstanden. Eine Stelle, an der ein Blatt sich vom Ast gelöst hatte, blieb leer. Denn als dieses Blatt den Boden berührte verbrannte das Gras und es blieb nur schwarzer Boden zurück. Keine neue Blume bildete sich und somit keine Lichtkugel, welche das Blatt am Ast ersetzen konnte.

»Warum passiert das?«, wollte Uwe wissen und sah das Luftschweinchen an.

Es flog auf Augenhöhe in der Luft und biss gerade in einen Apfel.

»Alles ist endlich«, antwortete es schmatzend. »Der Lebensbaum hat seine Aufgabe erfüllt und wird vergehen. Zumindest in der Alten Welt.«

Offenbar hatte das eigenartig geflügelte Wesen keinerlei Angst vor dem Tod. »Dann wirst du aber auch sterben«, versuchte Uwe das Luftschweinchen daran zu erinnern. »Wenn es stimmt, dass euer Leben am Lebensbaum hängt, wirst auch du vergehen.«

»Quatsch mit Soße«, widersprach das Luftschweinchen. »Ich gehe woanders hin.« Es flog dichter an Uwe heran. »Hunger?«, fragte es und hielt ihm den angebissenen Apfel hin.

»Hm, nicht auf Apfel«, antwortete dieser und lächelte das Schweinchen an.

»Deinen Humor hast du nicht verloren, das ist gut«, sagte es, flog aber zur Sicherheit einige Meter von Uwe weg.

»Deine Aufgabe ist es, die fünf Katzen von hier fortzubringen.«

»Was soll ich? Und wieso fünf Katzen?«

»Na sie von hier fortbringen. Die Katzen sind ganze besondere Wesen. Sie müssen geschützt werden und darum bist du hier. Und ja, es sind fünf an der Zahl.«

Uwe setzte sich auf den Boden. »Wenn die Welt untergeht, sobald der Lebensbaum stirbt, dann werden alle sterben. Ich kann die Katzen nicht in Sicherheit bringen.«
»So schnell gibst du auf?« Das Luftschweinchen warf ihm die Reste des Apfels zu. Uwe fing diese auf.
»Geh zu den Donnerbergen. Dort wird dir geholfen. Und nun schlaf 'ne Runde«, schlug ihm das Schweinchen vor.
Das wollte er aber nicht. Zu viele Fragen lagen ihm auf der Zunge. Aber sein Körper war da wohl anderer Meinung. Eine bleierne Müdigkeit überfiel ihn plötzlich. Er legte sich in das weiche Gras und schloss die Augen. *Wie soll ich die Katzen retten?*, war sein letzter Gedanke.
»Verrate niemandem, was du hier gesehen und gehört hast«, rief ihm das Luftschweinchen zu. Dann schlief Uwe ein.
Im Traum erschienen alle vier Katzen. Auch der Grundelig war da, noch größer und furchteinflößender. Er schien mit jedem Tag zu wachsen, während der Lebensbaum an Kraft verlor. Da gab es einen Zusammenhang, aber Uwe konnte den Gedanken nicht zu Ende bringen. Er flutschte ihm ständig davon wie nasse Seife aus der Hand. Aber er wusste, dass es wichtig war.

Von Vagabunden, Tauben und dem Mann im Mond

»Wieder eine Katze«, seufzte Uwe und sah auf seine schwarzen Pfoten. »Dann habe ich das alles nur geträumt. Schade.«

Als er sich aufrichten wollte, sah er die Reste eines Apfels neben sich. Also war es doch kein Traum gewesen? Er blickte nach oben und erkannte die glitzernden Äste und Blätter des Lebensbaumes. *Der Baum stirbt*, schoss es ihm durch den Kopf. Und er durfte niemanden warnen.

»Wie soll ich nur alle in Sicherheit bringen?«, murmelte er. Aber seine Worte blieben nicht ungehört.

»Wieso in Sicherheit?«, wollte Yvi wissen und trat in sein Sichtfeld. »Weißt du etwas?«

Sie setzte sich neben ihn und sah ihn aus ihren blaugrauen Augen an.

»Ich meinte den Grundelig. Habe von dem blöden Vieh geträumt.«

Uwe richtete sich auf. Dafür brauchte er ein paar Versuche, denn er musste sich erst wieder an das Katzendasein gewöhnen.

Yvi lächelte, als sie seine Versuche sah. Das wiederum zauberte auch ein Lächeln auf Uwes Gesicht. »Wie geht es dir? Deine Wunden scheinen nicht mehr da zu sein.«

Uwe sah an sich herab. Yvi hatte Recht, er hatte keinen einzigen Kratzer mehr. Aber auch sie war wieder unversehrt. Das lag bestimmt an der Magie des Lebensbaumes.

»Ganz gut, würde ich sagen«, antwortete er. »Und wie geht es dir?«

»Auch gut. Was hast du geträumt?«, wollte sie als Nächstes wissen. »Es heißt, dass sich ein Traum erfüllt, wenn man unter dem Lebensbaum schläft und träumt.«
»Hoffentlich nicht«, sagte Uwe erschrocken. »Den Grundelig mag ich nicht sehen. Er soll im Namenlosertal bleiben.«
»Hast du nichts Schönes geträumt?«
»Na ja, ich war wieder ein Mensch«, sagte er leichthin. »Das war etwas Schönes. Vielleicht geht der Wunsch ja bald in Erfüllung.«
Yvis Blick wurde traurig. Sie sah zu Boden, als könne sie Uwe nicht mehr in die Augen schauen. Dann stand sie auf und rannte davon.
»Was habe ich denn jetzt schon wieder gesagt?«, wollte er wissen.
»Trottel«, bekam er von Oscar die Antwort. »Brauchst dich nicht wundern, wenn sie wegläuft.«
»Was?« Uwe wollte Yvi folgen, aber Oscar hielt ihn zurück. »Lass sie in Ruhe. Sie beruhigt sich auch wieder. Na, fluffiger Kater, ausgeschlafen? War ja lang genug.«
»Wie lang habe ich denn geschlafen?«, wollte Uwe wissen. Sein Magen begann plötzlich zu knurren.
»Eine Nacht, einen Tag und wieder eine Nacht«, antwortete Oscar. »Und geschnarcht hast du, dass wir dachten, du sägst den Lebensbaum ab.«
»Solange? Darum bin ich hellwach.« Uwe ging an Oscar vorbei.
Er wollte die Wiese untersuchen, auf welcher der Lebensbaum stand. Nirgends fand er einen verbrannten Fleck. Als er nach oben schaute, gab es auch keine leere Stelle an den Ästen. Hoffnung keimte in ihm auf. Vielleicht war es wirklich nur ein böser Traum gewesen?
Doch dann trat er auf eine harte Erhebung. Er nahm seine Pfote hoch und sah schwarze Erde. Dann sah er nach oben und an

einer Stelle fehlte am Ast ein Blatt. Enttäuscht ließ er den Kopf hängen.
»Was hast du da?«, wollte Oscar wissen und trat neben ihn.
»Da ist nichts«, sagte Uwe schnell und wirbelte herum. »Komm, lass uns etwas zu essen suchen. Ich habe Hunger wie ein Tiger.«
Oscar versuchte, an Uwe vorbei zu lunschen, aber der schwarze Kater folgte jeder seiner Bewegungen.
»Wie heißen die Blumen?«, wollte Uwe wissen, um Oscars Gedanken in eine andere Bahn zu lenken. Er deutete auf die Blumen, die in großer Anzahl und in verschiedenen Farben auf der Wiese wuchsen.
»Das sind Berlas. Sie werden aus den Blättern des Lebensbaumes erschaffen und vergehen auch genauso schnell wieder«, erklärte Oscar. »Ist ein tolles Schauspiel, nicht wahr? Aber nun sage doch mal ...«
»Hunger!«, wiederholte Uwe schnell. »Ich will etwas essen.«
Oscar verengte seine Augen, so dass sie wie Schlitze wirkten. »Dann behalte doch dein Geheimnis für dich«, sagte er und drehte sich um. »Komm, ich zeige dir, wie man Mäuse jagt.«
»Ich dachte, du frisst keine Mäuse?« Uwe folgte Oscar und sie verließen die Lichtung.
Als er den Wald betrat, fühlte er sich plötzlich leer. Er sah zum Lebensbaum zurück. In seiner Nähe hatte er sich wohl und zufrieden gefühlt. Nun war da nichts mehr.
»Das ist normal«, erklärte Oscar, der den fragenden Blick Uwes richtig gedeutet hatte. »Wenn du also mal traurig bist, musst du nur zum Lebensbaum gehen. Dann erscheint dir alles wie ein Klacks und du schwebst auf Wolke Sieben.«
»Ist ja besser als jede Droge«, musste Uwe feststellen. *Schade, dass es den Baum nicht mehr sehr lange geben wird*, fügte er in Gedanken hinzu.

»Klar fresse ich Mäuse«, nahm Oscar den Faden wieder auf, als sie durch den Wald liefen. Die Sonne stand hoch am Himmel und es war warm, aber unter dem schützenden Blätterdach des Waldes war es angenehm kühl.

»Nur Susi nicht. Sie ist halt eine ganz besondere Maus. Aber das müssen die anderen nicht wissen.«

Eine Katze, die mit einer Maus Freundschaft schließt. Uwe wunderte sich darüber nicht mehr. Plötzlich blieb Oscar stehen. Uwe wäre beinahe in ihn hinein gelaufen. »Was ist denn?«, wollte er wissen. »Wieso ...«

»Pst«, forderte Oscar ihn auf. »Hörst du das nicht?«

Uwe lauschte. Er hörte sogar sehr viel, aber alles waren natürliche Geräusche des Waldes: Es sangen Vögel, die Bäume rauschten und im Unterholz knackte es.

Er sah sich um. Warum knackte es eigentlich? Wer näherte sich ihnen? »Könnte das der Grundelig sein?«, wollte er flüsternd wissen.

Oscar sah nach hinten und schüttelte den Kopf. »Nein, den würdest du nicht hören. Ich denke eher, es ist Krause.«

»Krause?«

»Ich höre da meinen Namen«, antwortete eine unbekannte Stimme.

Uwe sah nach rechts. Dort näherte sich ein Kater. Sein Fell war ebenfalls schwarz und weiß, wie bei Oscar. Nur bei dem Neuankömmling überwiegte das Schwarz. Er war sehr dünn, sah fast schon abgemagert aus.

Der unheimliche Kater kam langsam näher, die Ohren angelegt, der Blick lauernd. Ständig suchte er die Umgebung ab, als drohe ihm von allen Seiten eine Gefahr. Lautlos schlich er durch das Unterholz. Selbst jetzt, da Uwe ihn sehen konnte, hörte er kein einziges Knacken unter den Pfoten Krauses.

»Wenn ihr mich so nett ruft, dann komme ich natürlich«, sprach er weiter und blieb zwischen zwei Bäumen in sicherem Abstand stehen. »Habt ihr was zu essen für mich?«
»Such dir dein Futter allein«, antwortete Oscar harsch. Seine Ohren stellten sich auf, der Schwanz peitschte wild umher.
»Beruhige dich doch, Freund«, sagte Krause im süffisanten Tonfall. »Ich will doch nur etwas zu essen, genauso wie ihr. Und du kannst doch so gut jagen.«
»Verschwinde!«, befahl ihm Oscar und kam langsam auf ihn zu.
»Na, na. Wer ist denn gleich so aggressiv? Wir müssen in diesen unruhigen Zeiten zusammenhalten. Gemeinsam sind wir stark. Das sagt doch der ehrenwerte Herr Lucifer immer.«
»Wenn du nicht sofort verschwindest, dann bekommst du meine Krallen zu spüren«, warnte ihn Oscar ein letztes Mal.
Uwe sah von Krause zu Oscar und zurück. Wer war das? Er wirkte mit seinem struppigen Fell und dem abgemagerten Körper wie ein Vagabund oder Landstreicher. Seine Augen blitzten gefährlich auf. *Vor dem muss man sich in Acht nehmen,* schoss es Uwe durch den Kopf.
»Schon gut, schon gut«, wollte Krause den aggressiven Kater beruhigen. »Man wird ja noch einmal fragen dürfen.« Er deutete auf Uwe. »Ich denke, ihr nehmt keine neuen Katzen in eurer holden Runde auf?«
»Das geht dich gar nichts an«, antwortete Oscar. »Du warst nie willkommen, schon früher nicht, und wirst es auch nie sein!«
»Das werden wir noch sehen«, sagte Krause darauf. Er drehte sich um und warf noch einmal einen Blick über die Schulter. »Wenn du alleine wärst, dann würde ich dir Benehmen beibringen.«
Bevor Oscar darauf antworten konnte, rannte Krause davon.
»Das ist aber ein eigenartiger Kerl«, musste Uwe gestehen. »Warum lebt er nicht bei euch? Mich habt ihr ja auch aufgenommen.«

»Er ist ein Einzelgänger und denkt nicht für die ganze Gruppe«, erklärte Oscar. »Wir hatten es versucht, aber er geht nicht auf die Jagd, sondern lässt sich nur bedienen. Die besten Stücke frisst er uns weg, ohne zu teilen, und wenn Hilfe notwendig ist, dann ist Krause nirgends zu finden.«
»Ja, der passt dann wirklich nicht. Zeigst du mir, wie eine Katze jagt? Ich will nicht aus der Gruppe geworfen werden.«
Oscar sah Uwe eine Weile an. »Weißt du, ich kann andere Kater nun wirklich nicht leiden, aber du bist eine Ausnahme. Vielleicht liegt es daran, dass du eigentlich ein Mensch bist. Doch ...« Er kam näher und setzte sich direkt vor seinen Freund. »Deine Augen sind fast nicht mehr menschlich. Bald bist du einer von uns.«
Uwe schloss die Augen. Das wollte er nicht hören. Aber auf der anderen Seite kam da ein Gefühl auf, das er nicht zulassen wollte: Zugehörigkeit. Er wünschte sich plötzlich, zu der Katzengruppe zu gehören.
»Du kannst es nicht ändern, also lebe mit deinem Schicksal und mache das beste draus. Und nun komm, es gilt Tauben zu jagen.«
Oscar lief wieder voraus und Uwe folgte ihm. »Tauben? Warum nicht Mäuse?«
»Es ist einfacher, darum habe ich mich umentschieden. Tauben fallen nämlich hier vom Himmel«, erklärte Oscar geheimnisvoll.
Sie liefen eine Weile durch den Wald. Uwe schaute sich nach etwas Fressbarem um. Etwas Rohes hatte er bisher nur in Form von Fisch gegessen, aber irgendwann war immer das erste Mal. Allerdings dann eine Maus mit Fell oder eine Taube mit Gefieder zu fressen ... Also so richtig konnte er sich das nicht vorstellen. Sein Magen sah das anders. Als er an Fleisch dachte, knurrte dieser so hörbar, dass selbst Oscar nach hinten sah und ihn anlachte.

»Wir sind gleich da.«
Sie liefen im Zickzack weiter, so dass Uwe bald nicht mehr wusste, wo sie sich befanden. Dann blieb Oscar stehen und sah nach oben. Uwe folgte seinem Beispiel. Auf einem Ast saßen drei Tauben. Sie waren kleiner als die Artgenossen auf der Erde, aber sahen schon schmackhaft aus.
»Klettern wir da jetzt hinauf?«, wollte Uwe wissen und trat an den Baumstamm heran. Er war bisher noch nicht als Katze geklettert, aber das konnte mit den scharfen Krallen auch nicht so schwer sein.
»Ich habe dir doch gesagt, dass die Tauben hier vom Himmel fallen«, erklärte Oscar erneut. »Du musst sie nur packen, wenn sie am Boden liegen und ihren das Genick brechen. Sonst flattern sie wieder davon.«
»Wenn du das sagst«, antwortete Uwe unbestimmt und setzte sich neben Oscar. Sie warteten eine Weile, bis die Taube in der Mitte zu ihnen herabsah.
»Hallo Henriette«, grüßte sie Oscar. »Wie geht es dir?« Er gurrte sogar etwas zwischen den Sätzen.
»Sprichst du immer mit deinem Essen?«, wollte Uwe leise wissen.
»Manchmal spiele ich auch mit ihm. Aber Henriette ist nicht unser Essen. Ich habe eine Abmachung mit ihr.«
Henriette gurrte etwas Unverständliches. Doch Oscar nickte ihr zu und wartete weiter.
Die Taube deutete mit ihrem Flügel in eine Richtung. Als die beiden anderen Artgenossen in diese Richtung sahen, holte sie mit ihrem gefiederten Hintern Schwung und schubste eine Taube vom Ast. Sie fiel schreiend zu Boden, Oscar stürzte sich auf sie und brach ihr das Genick.
Henriette wiederholte ihren Angriff und warf auch die zweite Taube hinab.
»Hol sie dir«, forderte Oscar Uwe auf.

Er rannte auf die Taube zu. Sie war in einen Blätterhaufen gefallen und versuchte gerade, sich daraus zu befreien. Fauchend sprang Uwe in den Haufen und kämpfte mit der Taube. Ihr Schnabel war hart und sie konnte Treffer auf dem Kater platzieren. Mit den Flügeln wild um sich schlagend und mit ihren Krallen kratzend verteidigte sie ihr Leben.
Uwe wurde ihr einfach nicht Herr. Er kratzte sie ebenfalls und versuchte, in ihre Kehle zu beißen. Aber die Taube konnte ihn jedes Mal daran hindern.
»Das kann doch nicht wahr sein!«, grollte Uwe. »Mit dem Grundelig nehme ich es auf, kann aber keine Taube überwältigen?«
Plötzlich war Oscar herangekommen, hielt die Taube fest und schrie Uwe an: »Los, töte sie!«
Uwe biss ihr in die Kehle. Warm floss das Blut in seinen Mund. Er spürte das rasende Herz der Taube, konnte die Panik in ihren Augen sehen. Der Todeskampf schien Uwe unendlich lang zu dauern. Aber es waren nur wenige Augenblicke und dann lag die Taube tot im Blätterhaufen.
»Danke für das Mittagsmahl«, bedankte sich plötzlich Krause.
Oscar wirbelte herum. Er sah noch, wie Krause die Taube aufnahm, die er getötet hatte. Dann rannte der Kater los, Oscar folgte ihm sofort. Uwe wollte ebenfalls hinterher rennen, aber sein Freund befahl ihm, zu bleiben.
Durch seine Unfähigkeit, eine Taube zu töten, hatten sie vielleicht eine verloren. »So ein Mist«, schimpfte er. Wäre er ein Mensch gewesen, dann hätte er seiner Beute einfach den Hals umgedreht.
»Bist dumm, gurr«, lachte ihn Henriette von ihrem sicheren Sitzplatz aus. »So dumm, gurr.«
»Pass nur auf, dass ich dich da nicht herunter hole«, warnte sie Uwe und ging zum Baumstamm.

»Versuch es, gurr«, antwortete sie und gurrte so laut, dass es wie ein Lachanfall klang. Dabei wippte sie mit dem Kopf vor und zurück, wie es Tauben zu eigen war.
»Das würde auch cooler aussehen, wenn du Kopfhörer tragen würdest, du Federvieh«, rief Uwe hinauf und versuchte, den Baum empor zu klettern.
Er kam zwei Meter weit, dann verließen ihn die Kräfte. Seit Tagen war er nun schon hier und hatte seinem Magen noch nicht ein bisschen Nahrung gegeben. Das rächte sich jetzt. Er sprang wieder auf den Boden, lief um den Baum herum und suchte nach einer besseren Möglichkeit.
»Komm doch runter und wir tragen es aus«, forderte er die Taube auf. »Traust dich wohl nicht. Kannst nur hinterrücks angreifen, du feiges Federvieh.«
Aber Henriette ließ sich nicht aus der Reserve locken. »Komm doch rauf, gurr«, wiederholte sie ihr Angebot.
Oscar kam zurück, leider ohne Taube. »Krause mag so dürr sein, aber er ist der schnellste Kater, den ich kenne.« Er atmete tief ein und aus. »Hast du die andere Taube?«, wollte er von Uwe wissen und sah an ihm vorbei.
»Ja, sie liegt dort beim Blätterhaufen. Aber wollen wir uns nicht dieses freche Federvieh auf dem Baum holen?«, schlug er vor und deutete nach oben.
Oscar schüttelte den Kopf. »Nein, Henriette ist eine sogenannte ABKT, eine Arschbummskillertaube. Die wird nicht gefressen.«
»Eine was?« Uwe blieb der Mund offen stehen. Er hatte gedacht, ihn könnte nichts mehr überraschen, aber da hatte er sich gewaltig getäuscht.
»Gibt es solche Tauben bei dir nicht, wo du her kommst?«, fragte Oscar verwundert nach.

»Nein«, gestand Uwe. »Zumindest nicht, dass ich wüsste. Aber ich verstehe Tauben auch nicht. Hier können sie ja sprechen, wie alle Tiere.«
»Natürlich können wir uns verständigen«, sagte Oscar selbstverständlich. »Gibt es auch keine Luftschweinchen oder den Mann im Mond?«
»Na ja, vom Mann im Mond wird manchmal gesprochen. Ihr habt ja gleich zwei Monde.«
»Ja, das stimmt«, sagte Oscar und begann sich zu putzen. »Der kleine Mond ist das Lampenlager.« Er hielt in seinem Tun inne und sah den verwirrten Gesichtsausdruck Uwes. »Und ich dachte, dass nur ich unwissend bin. Aber gut, du bist nicht von hier«, entschuldigte er gleich das mangelende Allgemeinwissen seines Freundes.
»Also der Mann im Mond ist für die unzähligen Glühbirnen zuständig, die auf dem Mond platziert werden. Darum leuchtet der Mond so hell. Natürlich muss er regelmäßig die Lampen tauschen, um sie zu putzen oder zu reparieren. Dann kommen die Lampen auf den kleinen Mond, in das Lager.«
»Darum nimmt der Mond ab und wieder zu«, stellte Uwe eine gewagte These auf.
»Richtig«, beglückwünschte ihn Oscar. »Dann muss es ja doch einen Mann im Mond bei euch geben.«
»Also wenn, dann hat er kein Lager, denn wir haben nur einen Mond.«
»Das muss aber schwer für ihn sein«, mutmaßte Oscar und putzte sich weiter.
»Wir haben dafür den Großen und den Kleinen Wagen am Himmel«, sagte Uwe und Oscar sah ihn fragend an. »Das sind Sternenbilder. Der Kleine Wagen ließt kaputte Sterne auf, um den Himmel sauber zu halten. Der Große Wagen ist für die Planeten zuständig, die Risse bekommen und drohen, auseinanderzubrechen.«

Uwe rechnete damit, dass Oscar seinen Scherz durchschauen würde. Aber das tat er nicht.
»Und was passiert mit diesen … Planeten?«, wollte er wissen. »Was sind überhaupt Planeten?«
»Das sind Welten, wie beispielsweise diese, auf der wir hier leben. Sie sehen von dort oben aus wie runde Bälle, die zwischen den Sternen schweben.« Uwe deutete zum Himmel.
»Oh, wir leben auf einer Kugel? Das ist ja witzig.« Oscar freute sich darüber und bat Uwe, fortzufahren.
»Sie werden natürlich in die Planetenwerkstatt gebracht, um repariert zu werden. Manche Planeten sind aber so kaputt, dass sie in tausende kleine Teile zerlegt und zu Sterne geformt werden.«
Oscar sah zum Himmel. Am Tag konnte er die Sterne natürlich nicht sehen. Aber die Bewunderung für Uwes Wissen stand ihm deutlich ins Gesicht geschrieben. »So entstehen Sterne? Das sind also kaputte Planeten. Hoffentlich passiert das nicht mit unserem … Planeten.«
Oscar putzte weiter sein Fell. Uwe zuckte die Schultern. Was hatte er erwartet? Immerhin sprach Oscar vom Mann im Mond. Da waren Himmelswagen, die kaputte Sterne und Planeten einsammelten, doch ganz normal.
Als Oscar wieder sauber war, deutete er auf die tote Taube. »Nimm sie. Weil du nicht aufgepasst hast, haben wir für alle nur eine Taube.«
Uwe gehorchte, biss in die Taube und hob sie auf. Oscar verabschiedete sich von Henriette. Diese gurrte fröhlich vor sich hin und Uwe war sich nicht sicher, ob er ausgelacht wurde. *Wer zuletzt lacht*, dachte er und lachte in sich hinein. Doch dann besann er sich. Eine Welt würde untergehen, das war kein Grund zur Freude. Und er musste die Katzen retten. *Aber bestimmt nicht Krause*, überlegte er. *Den lasse ich hier.*

Die Donnerberge

Sie liefen zur Wiese auf der Burg zurück. Lucifer, Maggie und Yvi warteten schon auf die beiden. Sie hatten Ratten gejagt, jede der Katzen eine. Mit der Taube zusammen ergab es ein schönes Essen.

Oscar tollte zwischen den Katzen umher und versuchte, einen Schmetterling zu fangen. Lucifer rief ihn zu sich und ging mit ihm ein paar Schritte weg.

Die reden bestimmt über mich, grübelte Uwe, als er die beiden Kater beobachtete.

»Hast du was angestellt?«, fragte Maggie im süßlichen Tonfall. Sie lief um Uwe herum und musterte ihn. »Bist du dünner geworden?«

»Was willst du?«, fragte er sie verärgert. Er versuchte, seine Ohren zu spitzen, aber er konnte Lucifer und Oscar leider nicht verstehen.

»Oscar muss jetzt Bericht erstatten. Also, rück raus mit der Sprache«, forderte sie ihn erneut auf. »Wieso bringt ihr nur eine Taube? Und warum warst du solange beim Lebensbaum und hast tagelang geschlafen?«

»Du bist aber neugierig«, bemerkte Uwe.

Er sah in die blauen Augen Maggies. Es schien, als würde sich der Himmel darin widerspiegeln. Sie war eine hübsche Katze und machte ihm eindeutig Avancen. Eng schmiegte sie sich an ihn, strich mit ihrem Schwanz unter seinem Kinn entlang. »Ich mag fluffige Kater«, gestand sie ihm. »Lass uns doch in den Wald gehen. Ich kenne da ein lauschiges Plätzchen.«

Uwe sah Maggie lange an. Er spürte, dass sich sein Körper nach der Katze sehnte. Da rückte selbst sein Hunger in den Hintergrund.
»Na, du Flittchen«, sagte plötzlich Yvi und kam auf beide zu. »Willst dir den nächsten Kater krallen?«
»Ich muss mir niemanden krallen, meine Liebe«, antwortete Maggie selbstsicher. »Du hingegen bekommst nie einen ab. Kein Wunder bei deiner Vorliebe für Menschen.«
Yvi fauchte Maggie an. Doch diese schien unbeeindruckt und fuhr fort. »Menschen gibt es keine mehr. Aber ich verstehe! Du bist an Uwe interessiert, weil er mal ein Mensch war.«
Sie lachte und es klang so gehässig, dass Uwe wütend wurde. »Lass Yvi in Ruhe«, forderte er sie auf. »Du biederst dich jedem Kater an, der nicht sofort das Weite sucht. Du bist widerlich, eine Schande für die Katzenwelt und könntest Yvi niemals das Wasser reichen.«
»Bitte, dann eben nicht«, sagte Maggie verschnupft und ging davon.
Uwe sah nun in Yvis Augen. Das Blau wechselte sich immer wieder mit dem Grau ab, als wenn ständig Bewegung in ihren Augen wäre. Sie waren viel schöner als die von Maggie.
»Danke«, sagte sie und schmiegte sich an ihn. »Maggie meint es nicht böse, aber sie schießt manchmal über das Ziel hinaus.«
»Du musst sie nicht verteidigen«, sagte Uwe darauf und schloss die Augen. Er genoss die Berührung, konnte den Duft Yvis tief einatmen. Es war so schön, ihre Nähe zu genießen.
»Kommt essen«, wurde er aus seinem Tagtraum gerissen. Er öffnete die Augen und erkannte Lucifer. Dieser maß ihn nicht mehr mit diesem arroganten Blick. Offenbar hatte ihm gefallen, was Oscar erzählt hatte.
Sie versammelten sich bei der Beute. »Das muss die nächsten Tage reichen«, sagte Lucifer und sah jeden eindringlich an. »Also seid sparsam mit eurem Anteil.«

Die Beute wurde gerecht verteilt. Jeder bekam ein Stück, der Rest wurde versteckt. Schweigend saßen sie zusammen und ließen es sich schmecken. Uwe hatte gedacht, dass er mehr Probleme mit rohem Fleisch haben würde, aber die Taube war wirklich lecker. Selbst die Federn störten ihn nicht. Wie wohl eine Ratte schmekken würde?
»Warum jagt ihr eigentlich keine Mäuse«?, wollte er wissen. Er liebte Gespräche beim Essen und wollte eines in Gang bringen.
»Früher waren sie unsere Lieblingsspeise, doch es gibt nur noch wenige Mäuse«, antwortete Maggie. »Aber noch sehr viele Ratten.«
»Rattenprobleme kenne ich gut«, sagte Uwe und nickte. »Die überleben in jeder Welt.«
Wieder breitete sich Schweigen aus. »Sagt mal, wie komme ich eigentlich zu den Donnerbergen?«, stellte er seine nächste Frage.
»Die Donnerberge sind verboten«, bekam er von Lucifer gesagt. »Dort sind die Riesen tätig. Du willst nicht in ihre Zweikämpfe geraten. Bleib lieber hier.«
Uwe schwieg. Er wollte keinen Streit provozieren, nicht mehr. Das würde ihm jetzt nicht helfen.
Als das Essen beendet war, suchte sich jede Katze einen Schlafplatz. Die Sonne stand hoch am Himmel und es war ziemlich warm. Schattenplätze waren begehrt. Dabei bemerkte Uwe etwas Sonderbares. Lucifer legte sich unter einen Strauch, Oscar folgte ihm und bettete seinen Kopf auf Lucifers Bauch. Es schien, als benutze er den schwarzen Kater als Kopfkissen. Dieser ließ dies geschehen, als würde es ihm gefallen.
Uwe folgte Yvi, die sich in den Schatten einer Mauer legte.
»Warum willst du zu den Donnerbergen?«, wollte sie von ihm wissen.

Uwe legte sich zu Yvi und sah sie an. Er überlegte, ob er ihr von dem Erlebnis unter dem Lebensbaum erzählen konnte oder nicht. Aber das Luftschweinchen hatte es ihm doch verboten.
»Gibt es eigentlich das Luftschweinchen wirklich?«, stellte er eine Gegenfrage.
Yvi verzog leicht ihr Schnäuzchen. Ihr gefiel der Themenwechsel nicht. »Ja, natürlich gibt es das. Es brachte mich zum Spiegelsee.«
»Warum wolltest du dort unbedingt hin?«
»Das kann ich dir nicht sagen«, antwortete sie ausweichend. Sollte sie ihm sagen, dass sie zum Spiegelsee lief, um ihn in der Neuen Welt zu beobachten?
»Kennst du den Weg zu den Donnerbergen?«
Yvi nickte. »Ja, ich war schon einmal dort. Lucifer hat Recht. Es ist gefährlich dort und beinahe wäre ich zwischen zwei Riesenkeulen geraten. Was willst du dort?«
»Das kann ich dir nicht sagen«, antwortete Uwe und lächelte sie an.
»Habe ich wohl nicht anders verdient«, erkannte Yvi und seufzte.
Sie sah sich um. Lucifer und Oscar schliefen. Mittlerweile hatte sich Oscar fast ganz auf den Körper Lucifers gelegt. Aber offenbar störte das den schwarzen Kater immer noch nicht. Maggie ruhte unter einem Strauch.
»Komm mit, ich führe dich hin«, flüsterte sie und stand auf.
»Es reicht, wenn du mir den Weg erklärst«, wollte Uwe verhindern, dass Yvi ihn begleitete.
»Warum darf ich nicht mitkommen?«, wollte sie wissen.
»Es ist gefährlich, hast du selbst gesagt«, erinnerte sie Uwe.
»Ich zeige dir den Weg nicht. Du kannst mir nur folgen oder es lassen«, stellte sich Yvi stur und lief los.
Uwe seufzte. Frauen waren doch immer gleich, egal ob Mensch oder Katze. So folgte er ihr. Sie schlichen an den Mauerresten vor-

bei, damit sie keiner sehen konnte. Lucifer würde das sicherlich nicht gefallen und Uwe wollte sich nicht aufhalten lassen.
Ihr Weg führte sie den Hügel hinab in den Wald. Es ging Richtung Westen. Uwe versuchte, Yvi in ein Gespräch zu verwickeln. Anfänglich wollte die Katze nicht. Doch dann fing sie an zu erzählen von vergangenen Zeiten und wie schön es einst gewesen war.
Uwe hörte ihr gern zu. Ihre Augen leuchteten, als sie von der Vergangenheit erzählte. Er musste Oscar Recht geben. Yvi liebte die Menschen und er hörte den Wunsch heraus, selbst ein Mensch zu sein. Das konnte er sehr gut verstehen. Vielleicht war es möglich, ihr zu helfen.
Im Laufe des Tages näherten sie sich den Donnerbergen. Zuerst war nur ein schwaches Grollen zu hören, als wenn sich ein Gewitter zusammen brauen würde. Doch je näher sie diesen Bergen kamen, desto lauter wurde es. Manchmal war eine ganze Weile Ruhe, bis es aus heiterem Himmel rummste.
Uwe wurde langsamer, bis er ganz stehen blieb. Yvi war schon ein Stück vorausgelaufen, bis sie bemerkte, das er ihr nicht mehr folgte.
»Was ist?«, wollte sie wissen. »Hast du Angst vor deiner eigenen Courage?«
»Ich weiß nicht. Der Donner ist ziemlich laut.«
Und da war es wieder. Yvi lachte dieses helle Lachen, das sein Herz Freudensprünge machen ließ. Er konnte sich jetzt nicht die Blöße geben.
»Ich wollte nur mal kurz verschnaufen«, log er sie an und ging an ihr vorbei.
Yvi folgte ihm. Bald standen sie am Fuße der Donnerberge. Es rummste und donnerte unentwegt. Und dann kamen Schreie hinzu. Aber die Katzen konnten nicht verstehen, um was es ging.

Ein Weg führte in Serpentinen den Berg hinauf. »Wo musst du genau hin? Was suchst du hier?«, wollte Yvi erneut wissen. »Ich kann dir nicht helfen, wenn du mir nicht sagst, wonach du suchst.«
Uwe seufzte. »Das weiß ich selbst nicht genau. Ich suche Hilfe, weiß aber nicht, wie diese aussieht.«
»Du bist schon eigenartig«, musste sie ihm sagen. »Dann lass uns mal nach der Hilfe suchen, die du nicht kennst.«
Yvi folgte dem Weg, aber nicht mehr so schnell. Sie sah sich ständig um, als fürchtete sie, verfolgt zu werden. Die Sonne hatte sich hinter dunklen Wolken versteckt. Der ständige Donner von aufeinanderprallenden Keulen ließ Uwe immer wieder an ein Gewitter denken.
Der Weg wurde steiler und beschwerlicher. Zwar hatte Uwe mittlerweile etwas im Magen, schwach fühlte er sich aber dennoch. Yvi hingegen lief leichtfüßig hinauf, doch dann blieb sie wie erstarrt stehen. Sie stand auf einem Grat und konnte auf die andere Seite des Berges schauen.
Plötzlich wirbelte sie herum und rannte zu Uwe. »Weg hier!«, rief sie und lief an ihm vorbei. Sie versteckte sich hinter einem Stein, Uwe folgte ihr.
»Was ist los?«, wollte er wissen.
»Pst«, sagte sie. »Die Riesen kommen.«
Uwe lugte um den Stein. Er konnte nichts erkennen außer einem eigenartigen Gestrüpp am Felsgrat, dass sich bewegte.
»Da bewegt sich Gestrüpp«, sagte er zu Yvi.
Diese schob sich an Uwe vorbei und sah sich das Gestrüpp an. Da richtete sie ihren Blick auf Uwe. »Das sind Haare«, erklärte sie.
»Was?«
Der Kater sah wieder an dem Stein vorbei. Das Gestrüpp war höher geworden, wiegte sich hin und her und wuchs in den Himmel. Plötzlich kam eine Keule in Sicht, die monströs war. Dann folgten ein Kopf, ein Gesicht und schließlich der ganze Körper.

»Das kann doch nicht wahr sein. Der ist ja riesig«, sagte er japsend.
»Das sind Riesen«, erwiderte Yvi. »Hast du gedacht, sie sind so groß wie Susi, die Maus?«
»Nein, das nicht. Aber doch nicht so groß.«
Die Erde bebte. Der Riese kam näher, ein Schatten legte sich auf den Stein. Kleine Steine auf dem Boden tanzten umher. Mit jedem Schritt wirbelte der Riese Staub auf. Als er an dem Stein vorbei lief, konnte Uwe ihn genauer in Augenschein nehmen. Er trug eine Hose aus Leinen und ein Hemd. Eine Keule trug er über seiner Schulter. Diese musste verdammt schwer sein, denn sie war aus einem ganzen Baum gemacht.
Ich hoffe, der sieht uns nicht, betete Uwe.
Yvi zitterte. Sie hatte große Angst vor den Riesen, denn schon einmal wäre sie beinahe von ihnen getötet wurden. Uwe wollte sie trösten, als der Riese plötzlich stehen blieb. Er drehte sich um und sah die Katzen an.
Sein Gesicht war überaus hässlich. Offenbar war er schon mehrfach von Keulen getroffen worden, denn seine Nase stand schief in seinem Gesicht. Dicke wulstige Augenbrauen thronten über schwarzen Augen.
»Miezekatzen«, sagte er grollend und zeigte ein Gebiss, in dem viele Zähne fehlten. »Endlich was zu essen.«
»Mist«, rief Uwe. »Lauf, Yvi.« Er wollte losrennen, aber Yvi stand stocksteif da. Die Angst lähmte sie und sie konnte keinen Meter laufen. Sie war dem Riesen hilflos ausgeliefert.

Das Nichts

Mit stampfenden Schritten kam der Riese näher. »Miezekatze«, rief er und lachte. »Ich will die Miezekatze streicheln und fressen.«

Uwe zerrte an Yvi, aber sie war wie ein Stein und konnte sich einfach nicht bewegen. *Was mache ich nur?*, überlegte er fieberhaft. Der Riese war nur noch wenige Meter entfernt. Noch ein Schritt mit seinen großen Beinen und er würde die Katzen zu packen bekommen.

Der Kater rannte dem Riesen entgegen. *Angriff ist die beste Verteidigung*, dachte er und nun galt es, diese Behauptung auf den Prüfstand zu stellen.

»Verschwinde, du Ungeheuer«, rief er, aber der Riese hörte nicht auf ihn.

»Komm zu mir, Miezekatze«, sagte dieser und beugte sich hinab, um Uwe vom Boden aufzulesen.

Er konnte sich vor der zupackenden Hand retten, in dem er im Zickzack um den Riesen herum rannte. Dieser musste sich drehen und kehrte Yvi nun den Rücken zu. Das war für die Katze eine Erleichterung. Sie musste nicht mehr in die schwarzen Augen des Riesen sehen. Das löste den Bann und sie konnte endlich durchatmen.

Uwe rannte weiter von dem Stein weg, um den Riesen in die andere Richtung zu locken. Yvi schlich sich hinter den Stein und als der Riese sich umschaute, war die zweite Katze weg.

Er brüllte vor Wut und rannte noch schneller hinter Uwe her. Immer wieder versuchte er, ihn zu packen. Aber Uwe war wendiger, und so nahm der Riese seine Keule und schlug damit nach ihm. Nur wenige Zentimeter neben Uwe krachte die Keule auf den Bo-

den und hinterließ eine tiefe Kuhle. Uwe wurde durch die Erschütterung von den Pfoten gerissen und blieb im Dreck liegen.
»Jetzt hab ich dich«, freute sich der Riese, schwang seine Keule und ließ sie auf den wehrlosen Kater niedersausen.
Da sprang ihm Yvi ins Genick. Sie fauchte, kratzte und biss ihm in Hals und Ohren. Zwar war die Katze keine Gefahr für den Riesen, aber es tat ihm dennoch weh. Er griff nach hinten, um die Katze von seinem Hals herunter zu pflücken, da biss ihm Uwe in den großen Zeh.
»Aua!«, rief der Riese und ließ seine Keule fallen.
Uwe kletterte am Riesen empor, bis er sich schließlich in seinem Gesicht festkrallte. Dann biss er ihm in die Nase und kratzte ihm die Haut mit seinen Krallen blutig.
Der Riese bekam es mit der Angst zu tun. Er drehte sich im Kreis und versuchte, gleichzeitig beide Katze von sich zu zerren.
»Lasst mich in Ruhe!«, verlangte er und drehte sich immer schneller.
Irgendwann verlor er das Gleichgewicht und fiel zu Boden. Uwe und Yvi brachten sich mit einem Sprung in Sicherheit, um nicht unter ihm begraben zu werden. Der Aufschlag des Riesen war laut und die Erde bebte. Staub wurde aufgewirbelt und die Sicht verdunkelte sich. Das Erdbeben schien gar nicht nachzulassen, obwohl der Riese regungslos auf dem Boden lag. Immer dunkler wurde es, die Steine auf dem Boden tanzten auf und ab.
Uwe erkannte mit Schrecken, was das war. »Lauf!«, rief er Yvi zu und rannte voraus.
Sie folgte ihm sofort und bald hatten sie die dichte und dunkle Staubwolke hinter sich gelassen. Hinter einem Stein versteckten sie sich und Uwe erkannte, dass er Recht gehabt hatte. Das Erdbeben verursachte ein zweiter Riese, der den ersten gehört haben musste. Er wollte seine Chance nutzen, schwang seine Keule und ließ sie auf den Kopf des anderen niedersausen.

»Du Blödmann«, beschwerte sich der Angegriffene und hielt sich den Kopf.
Als der andere Riese schon wieder die Keule hob, griff sein Kontrahent nach seiner Keule und wehrte den Angriff ab. Ein ohrenbetäubender Knall erschallte. Es klang wie Donner und hallte zwischen den Bergen wider. Die Katzen mussten sich die Ohren zuhalten. Immer und immer wieder schlugen die Keulen aufeinander.
»Wir müssen hier weg«, sagte Yvi.
Sie warteten ab, bis die Keulen wieder aufeinander schlugen. Als der Lärm verklang, rannten sie zwischen den Steinen davon. Die Riesen sahen sie nicht, denn sie waren zu sehr mit sich selbst beschäftigt.
Eine ganze Weile rannten die Katzen einen Weg entlang, der sie zu einem Pass brachte. Kurz vor dem Pass musste Uwe anhalten.
»Warte«, bat er Yvi. »Ich muss mal ausruhen.«
Yvi hielt inne und setzte sich auf den Weg. »Danke«, sagte sie, »dass du mich gerettet hast.«
Uwe keuchte und legte sich hin. Er musste erst einmal Kraft sammeln und durchatmen. Als sein Herz nicht mehr so wild und schnell puckernd gegen seinen Brustkorb schlug, als versuche es, dort auszubrechen, stand er wieder auf.
»Habe ich gern gemacht, Mieze«, antwortete er. »Du hast mich auch gerettet. Danke.«
»Habe ich doch gern gemacht, Fluffi«, sagte darauf die Katze.
Uwe lachte. Die Situation war so absurd. Hinter ihnen kämpften Riesen mit Keulen gegeneinander und sie gaben sich Spitznamen.
»Wo müssen wir jetzt hin?«, wollte Yvi wissen und sah sich um.
Weit entfernt waren Staubwolken zu sehen. Dort kämpften noch immer die Riesen und der Donner schallte durch die Donnerberge.

»Keine Ahnung«, musste Uwe gestehen. »Das Luftschweinchen meinte, ich solle hierher kommen und finde die Hilfe, die ich brauche.«

Er riss die Augen weit auf. Das durfte er doch gar nicht erzählen! Aber Yvi lächelte ihn an und das ließ sein schlechtes Gewissen so schnell schmelzen wie ein Eis in der Sonne.

»Dann suchen wir mal weiter«, antwortete Yvi, stand auf und lief zum Pass.

Uwe putzte erst einmal sein Fell. Es war ziemlich dreckig geworden und das mochte er gar nicht. Als er Yvi folgen wollte, stockte er mitten im Schritt. Sie hatte ihm den Rücken zugekehrt und stand auf dem Pass. Ihr leicht erhobener Schwanz zitterte und ihr ganzer Körper verriet eine enorme Anspannung. Waren da etwa weitere Riesen? Was gab es hinter den Donnerbergen?

Er rannte schnell zu ihr. »Was hast du?«, wollte er wissen.

Yvi sah ihn nicht an. Sie hatte die Augen weit aufgerissen, eine einzelne Träne versickerte in ihrem pelzigen Gesicht.

Dann nahm Uwe den Blick von Yvi und sah nach vorn. Nun verstand er, warum Yvi weinte und solche Angst hatte. Vor ihnen lagen keine Berge oder zerklüftete Landschaften, wie es im Gebirge vorkam. Auch war kein Hochtal zu sehen, das von der Sonne in ein Lichtermeer getaucht wurde und den Sommer in seiner schönsten Vielfalt präsentierte. Was auf der anderen Seite der Donnerberge lag, das war ... das Nichts.

Schwärze lag vor ihnen, die sich vom Fuße der Berge hinaufzog. Uwe konnte keinen Berg, kein Tal, keine Lebewesen erkennen. Es war, als schaue er in schwarzen Rauch. Brannten die Berge etwa und er sah nur noch den Qualm?

Er wollte den Pass hinab laufen, um dieses Nichts genauer in Augenschein zu nehmen, aber eine befehlende Stimme hielt ihn zurück.

»Warte! Gehst du dort hinein, wirst du nicht wieder zurückkehren.«

Uwe drehte sich um. Neben Yvi saß ein waschechter Kobold auf einem Stein. Doppelt so groß wie eine Katze hatte er grüne Kleidung an und einen grünen Hut auf dem Kopf. Sein roter Bart war fein gestutzt und er hielt eine Pfeife in der rechten Hand. Damit deutete er auf das Nichts.

»Das ist das Ende für uns. Danach kommt nichts mehr.«

»Wer bist du?«, wollte Yvi wissen und rückte etwas von dem Kobold weg.

»Sieht man doch«, antwortete dieser schnippisch. »Ich bin ein Kobold und habe hier irgendwo einen Topf mit Gold versteckt.« Er kniff die Augen zusammen und beugte sich leicht vor. »Sucht ihr danach?«

Uwe schüttelte den Kopf. »Nein, den wollen wir nicht haben«, erklärte Uwe. »Das Luftschweinchen sagte mir, dass ich hier Hilfe bekomme.«

»Hilfe?«, fragte der Kobold nach und sah sich nach allen Seiten um. »Also ich kann keine Hilfe erkennen. Warum suchst du Hilfe?«

Uwe sah Yvi an. Er hatte doch schon mehr verraten, als er eigentlich durfte. Aber Yvis verletzter Blick, als er zögerte, überredete ihn.

»Das Luftschweinchen sagte mir, dass diese Welt untergehen wird. Ich soll alle Katzen retten und hier würde ich Hilfe dafür erhalten.«

»Unsere Welt geht unter?«, wollte Yvi schockiert wissen. Das mochte sie nicht glauben. Aber als sie das Nichts anschaute, da wurden Uwes Worte zur Gewissheit.

»Glaubst du etwa immer, was ein Schweinchen mit Flügeln dir erzählt?«, lachte der Kobold Uwe aus. »Du bist aber leichtgläubig.«

»Also wenn ich diese schwarze Wand da sehe, dann hat das Luftschweinchen wohl auch Recht gehabt«, erklärte Uwe und deutete nach vorn. »Wird das da die Donnerberge überqueren?«
»Vielleicht«, meinte der Kobold unbestimmt und zuckte mit den Schultern. Er nahm seine Pfeife in den Mund und paffte.
»Komm, Yvi«, sagte Uwe wütend, »wir sollten gehen und weiter nach Hilfe suchen.«
Aber Yvi folgte ihm nicht. »Manchmal hilft ein wenig Diplomatie weiter«, riet sie ihm, dann sah sie den Kobold an. »Lieber Kobold, wir wollen deinen Topf mit dem Gold nicht. Kannst du uns helfen, unsere Welt vor diesem Nichts zu bewahren?«
Der Kobold schwieg eine Weile, dann schüttelte er den Kopf. »Nein, das kann ich leider nicht. Diese Welt geht kaputt. Der Schaden ist so groß, dass selbst die Planetenwerkstatt nicht mehr helfen kann.«
»Was?!? Planetenwerkstatt?« Das hatte Uwe sich doch nur ausgedacht, um Oscar zu ärgern. Was kam als Nächstes? Bestand die Milchstraße vielleicht aus Milch mit Schokostückchen?
»Gar nicht so schlecht, deine Idee«, meinte plötzlich der Kobold und zwinkerte ihm zu.
»Liest du meine Gedanken?«, fragte Uwe zornig.
»Brauche ich nicht. Du stehst vor mir wie ein offenes Buch«, erklärte der Kobold und lachte.
Yvi sah verwirrt von Uwe zum Kobold und zurück. »Der ist irre, dieser Kerl«, meinte ihr Freund und wandte sich ab. »Von dem bekommen wir keine Hilfe.«
Aber die Katze gab nicht auf. »Werden wir sterben oder können wir uns irgendwie retten?«, wollte sie vom Kobold wissen.
Dieser deutete auf Uwe. »Der fluffige Kater kann euch retten. Aber dafür braucht er Hilfe.«
»Das weiß ich auch«, grollte Uwe und wirbelte herum. »Das hat mir das Luftschweinchen gesagt.«

»Hihi, ein Schweinchen, das fliegen kann. Woran du so alles glaubst.«
Uwe wollte sich fauchend auf den Kobold stürzen, aber Yvi hielt ihn zurück. »Warte«, sagte sie. »Er ist nun mal ein Kobold und ärgert gern andere. Bleib ruhig.«
Tatsächlich beruhigte sich der Kater. Er setzte sich neben seine Freundin und wartete.
»Wie soll Uwe uns helfen können? Ist der Spiegelsee die Lösung?«
»Du bist ein schlaues Kätzchen«, freute sich der Kobold und strich Yvi über den Kopf. »Du hast so wunderschön weiches Fell. Und doch bist du mit dir nicht zufrieden.«
Yvi sah zu Boden. Sie wollte nicht über ihren innigsten Wunsch sprechen, denn dieser würde sich niemals erfüllen.
»Das kannst du nicht wissen«, beantwortete der Kobold ihr stummes Gespräch. »Glaube fest an deine Träume, nur dann hast du eine Chance.«
Mit etwas mehr Hoffnung im Blick sah Yvi ihn an. »Wie können wir dem Nichts entkommen?«
»Also der Spiegelsee kann es nicht sein«, mischte sich Uwe ein. »Ich habe versucht, nach meiner Ankunft mit Hilfe des Sees zurückzukommen. Aber ich bin einfach nur nass geworden.«
»Die Dinge ändern sich«, antwortete der Kobold ausweichend. »Vielleicht ist der Spiegelsee jetzt bereit für dich?«
»Warum passiert das mit unserer Welt?«, wollte Yvi wissen. Sie konnte nicht verstehen, weshalb dieses Nichts kam. Was hatten sie getan, um es anzulocken?
»Es waren die Menschen«, erklärte der Kobold. »Sie plünderten die Natur, traten das Leben mit Füßen. Eigennutz und Habgier waren in ihren Köpfen fest verankert. Nächstenliebe rückte in den Hintergrund. Sicherlich gab es immer Ausnahmen, aber das Gleichgewicht des Lebens war gestört. Der Lebensbaum erfuhr nicht mehr

genügend Liebe, darum stirbt er.« Der Kobold sah Uwe an. »Einen solchen Baum gibt es in jeder Welt.«

Dieser schüttelte aber den Kopf. »Nein, nicht bei mir. Zwar bin ich kein Weltenbummler, aber wenn es einen Baum solchen Ausmaßes geben würde, dann hätte das schon längst in der Presse gestanden.«

Traurig sah ihn der Kobold an. »Nur weil du ihn nicht sehen kannst, heißt es doch noch lange nicht, dass es ihn nicht gibt, fluffiger Kater. Du musst SEHEN und HÖREN können. Und es könnte doch auch sein, dass der Lebensbaum auf eine andere Art existiert, als du mit deinem kleinen Hirn begreifen kannst.«

Jetzt wurde es Uwe zu philosophisch. »Was ist mit den Menschen hier passiert?«, wollte er wissen und so vom Thema ablenken.

Der Kobold lächelte wissend. »Du wirst noch öfter darüber nachdenken. Die Menschen wurden gewarnt, als der Grundelig kam. Freiwillig wären sie niemals gegangen, darum musste etwas nachgeholfen werden.«

»Dann ist der Grundelig ein ... Guter?«, mutmaßte Uwe, aber der Kobold schüttelte den Kopf.

»Nein, der Grundelig wurde erst durch die Menschen erschaffen. Er ernährt sich von Hass und Leid, darum konnte er so groß und stark werden. Hier im Hochgrüntal fiel er zuerst ein, dann nahm er sich die ganze Welt vor. Es gibt keine Menschen mehr. Und nun holt sich das Nichts, was der Grundelig übrig gelassen hat.«

»Sind die Menschen doch gestorben?«, wollte Yvi wissen. Sie dachte an die Hochzeit des Königspaares, als das Unheil geschah. Alle Menschen waren geflohen, um hinter den Siebenbergen Schutz zu suchen.

»Sie wurden gerettet«, erklärte der Kobold. »Ihnen wurde eine zweite Chance gegeben, eine Neue Welt für sie erschaffen. Sie wissen aber nichts über ihr altes Leben. Ich hätte ihnen keine neue Chance gegeben.«

»Wer war aber der Retter? Wer verfügt über so viel Macht?«, musste Uwe nun unbedingt wissen.
Der Kobold zuckte mit den Schultern. »Das weiß ich nicht«, musste er gestehen. »Vielleicht war es der Lebensbaum selbst ...«
»... den die Menschen zugrunde gerichtet haben?«, fragte Uwe skeptisch. »Das wäre doch unlogisch.«
»Fehler macht jeder einmal«, antwortete Yvi und sah Uwe an. »Warum nicht die Hand reichen, wenn jemand hingefallen ist?«
»Das ist mehr als ein Sturz«, dementierte der Kobold. »Aber sei's drum, das geht mich nichts an.«
Er erhob sich von seinem Sitzplatz. »So, ich muss nun meinen Topf mit Gold holen und von hier verschwinden. Wir sehen uns vielleicht wieder, oder auch nicht.«
Dann machte er eine kreisende Bewegung mit der linken Hand, es gab einen lauten Knall und er war verschwunden.
»Seid gewarnt vor dem Grundelig. Er wird euch finden, denn es lechzt ihn nach Leben«, war die Stimme des Kobolds zwischen den Donnerbergen noch zu hören.

Eine List

»Und wo finden wir nun die Hilfe?«, wollte Uwe frustriert wissen.
»Du hast sie doch bekommen«, antwortete Yvi.
Sie verließ den Pass und drehte dem Nichts den Rücken zu. So schnell wie möglich wollte sie ins Hohengrüntal zurück.
»Ach wirklich? Der Kobold hat uns nichts gegeben«, dementierte der schwarze Kater.
»Doch, Wissen. Wir wissen jetzt, dass wir zum Spiegelsee müssen.«
Uwe dachte darüber nach. Er wusste sicherlich, dass der Spiegelsee das Tor zu seiner Heimat war. Also war dieses Wissen nicht neu für ihn. Und es hatte damals nicht funktioniert. Warum sollte es das jetzt?
Yvi blieb stehen und wartete auf Uwe. Dieser war ganz in seine Gedanken versunken und führte Selbstgespräche.
»Vertraue mir einfach«, bat ihn Yvi, als er bei ihr ankam. »Ich fühle, dass der Kobold Recht hat.«
Uwe seufzte. »Na gut. Dir zuliebe, Mieze.«
»Danke, Fluffi. Und nun komm, die Zeit drängt.«
»Du weißt doch gar nicht, wie viel Zeit wir haben«, erklärte Uwe und lief neben Yvi her.
»Es wird dauern, Lucifer dazu zu überreden, das Namenlosertal wieder zu betreten«, erklärte sie.
»Sag mal«, fiel Uwe bei der Nennung des Tals hinter den Siebenbergen ein, »wie kommen wir da eigentlich hin?«
Yvi blieb so abrupt stehen, dass Uwe schon ein paar Schritt voraus war, bis er es bemerkte. Er drehte sich um und sah sie fragend an.

»Du hast Recht. Der Zugang durch den Tunnel der Mäuse ist zugeschüttet. Und das Luftschweinchen kann uns niemals alle ins Namenlosertal bringen.«
Hoffnungslosigkeit machte sich in ihr breit. Sie ahnte, dass sie keine Zeit mehr hatten, die Siebenberge zu überqueren. Außerdem kannte sie keinen einzigen Weg, der durch oder über die Berge führte.
»Dann ist alles verloren«, sagte sie und schniefte leicht.
Uwe trat zu ihr. Er legte eine Pfote auf ihre Schulter und stupste ihre Nase mit seiner an. »Verloren ist es erst, wenn wir im Nichts verschwinden. Komm, wird Zeit dem Teufel gegenüber zu treten.«
Yvi sah in seine braunen Augen. Diese waren nicht mehr rund, sondern oval geworden. Aber dennoch erkannte sie den Menschen in ihnen.
Sie nickte. »Dann lass uns gehen.«
Sie liefen so schnell wie möglich den Weg zurück. Dabei mussten sie an den Riesen vorbei, die sich noch immer mit den Keulen bekriegten. Sie schlichen auf leisen Pfoten vorüber, nutzen als Deckung jeden Stein, der groß genug war. Als Uwe die Riesen so kämpfen sah, hatte er plötzlich eine Idee.
Er gab seine Deckung auf und rannte zu den Riesen.
»He, ihr Ungeheuer«, rief er sie.
Zuerst hörten sie ihn nicht. Zu laut waren ihre Kämpfe, die Keulen krachten donnernd gegeneinander. Der Staub verringerte außerdem die Sicht.
»Was tust du da?«, zischte Yvi hinter einem Stein. »Komm sofort zurück!«
Aber Uwe hörte nicht auf sie. Er musste unbedingt mit den Riesen sprechen. Als sie keinerlei Notiz von ihm nahmen, sprang er auf einen Stein, dann auf den nächsten und kletterte so immer weiter

in die Höhe. Endlich war er auf der Schulterhöhe eines Riesen, sprang auf seinen Arm und kletterte hinauf.

»He, du hässliche Fratze. Höre mir mal zu!«

Der Riese hatte gerade seine Keule erhoben, hielt dann aber inne. Er sah auf seine Schulter, wo eine schwarze Katze saß.

Der andere Riese nutzte die Unaufmerksamkeit seines Kontrahenten und schlug mit der Keule zu. Der Getroffene ging zu Boden und Uwe musste fauchend von dessen Schulter springen. Er sah in das Gesicht des Riesen. Der sah ihn aus gebrochenen Augen an. Er war tot.

»Mist«, fluchte Uwe und wandte sich dem anderen zu. »He, du Riese, gibt es noch mehr von euch?«

»Nein«, antwortete dieser und hob die Keule. »Dich mache ich jetzt auch platt.«

»Warte«, rief Uwe und versteckte sich hinter einem Stein.

Die Keule des Riesen sauste herab und spaltete diesen Stein in zwei Teile. Uwe stand wieder ohne Schutz da.

»Ich weiß, wo noch mehr Riesen leben«, rief er so laut er konnte. »Die sagen, dass du ein schwacher Riese wärst und sie niemals besiegen könntest.«

Der Riese brüllte, dass sich Steine aus den Bergen lösten. »Wo sind diese Kerle? Ich mache sie alle platt!«

»Also wir müssten zum Hohengrüntal zurück. Dort lebt jemand, der weiß, wie wir zu den anderen Riesen kommen«, erklärte Uwe und hoffte, dass seine List gelang.

»Ich denke, du weißt es!«, brüllte der Riese. »Dann sag es mir!«

»Also ich weiß wo die Riesen leben. Aber ich kenne den Weg nicht. Da müssen wir zu Lucifer.«

»Bist du verrückt geworden«, fauchte Yvi. »Du kannst doch nicht den Riesen zur Wiese auf der Burg führen?!«

»Vertraue mir. Ich weiß, was ich tue«, versuchte Uwe, sie zu beruhigen. Diesen Spruch wollte er schon immer einmal sagen. Die Situation hätte aber ruhig harmloser sein können.
Plötzlich packte ihn eine riesige Hand und hob ihn in die Höhe. Yvi schrie auf und biss dem Riesen in den Zeh. Dieser schüttelte die Katze ab, dass sie gegen einen Stein prallte und regungslos auf dem Boden liegen blieb.
»Yvi«, rief sie Uwe panisch. Aber er hatte seine eigenen Probleme.
Die schwitzige Hand des Riesen drückte so sehr zu, dass Uwe fast nicht mehr atmen konnte. »Wo sind diese Kerle?«, wollte der Riese erneut wissen. Sein Atem stank widerlich, aber da musste Uwe jetzt durch.
»Ich kann dich zum leibhaftigen Teufel bringen. Der zeigt dir den Weg«, versprach er.
Der Riese schüttelte den Kater, dass er glaubte, sein Genick müsste unter der Belastung brechen. »Was ist ein Teufel?«, wollte dieser wissen.
Uwe hatte nicht damit gerechnet, dass der Teufel in der Alten Welt unbekannt war. Gab es den denn nicht überall? »Ähm, das ist das Böse, dass sich als Kater verkleidet hat. Du erkennst ihn am bösen Blick.«
Hoffentlich fällt der Riese daruaf herein, betete Uwe inständig und er hatte Glück.
»Wenn das nicht stimmt, reiße ich dich in Stücke!«, versprach der Riese. »Und nun zeige mir, wo der Teufel wohnt!«
»Willst du mich nicht herunter lassen?«, fragte Uwe vorsichtig nach.
Wieder wurde er wie eine Puppe geschüttelt. »Nein, dann rennst du weg, du Miezekatze.«
Leider war der Riese nicht so dumm, wie Uwe gehofft hat. Er musste also seinen Plan etwas ändern.

»Yvi, wach auf«, rief er zu der Katze hinab. Aber sie bewegte sich nicht und Uwe fürchtete, dass sie nicht mehr leben könnte.
»Wir müssen die Katze mitnehmen«, sagte er zu dem Riesen und deutete mit dem Kopf auf Yvi.
»Die ist tot«, sagte dieser und lief mit großen Schritten an Yvi vorbei.
Uwe wollte das nicht glauben. Er versuchte, sich aus dem Griff des Riesen zu befreien, aber da drückte dieser mit seiner Hand so sehr zu, dass dem Kater die Luft wegblieb. Uwe gab seine Bemühungen auf.
»Yvi«, schluchzte er leise. Tränen liefen sein Gesicht hinab.

So schnell war Uwe noch nie unterwegs gewesen, zumindest nicht in dieser Welt. Der Riese rannte, als wenn er spüren würde, dass die Zeit knapp wurde. In Windeseile ging es durch die Donnerberge, die nun ganz still und friedlich wirkten. Jetzt, da es nur noch einen Riesen gab, konnten keine Keulen mehr aufeinanderprallen.
Uwe wurde müde. Die Anstrengung der Reise und der Verlust von Yvi hatten ihn stark geschwächt. Außerdem überkamen ihn Zweifel. War diese List wirklich richtig gewesen? Hatte er dadurch Yvi auf dem Gewissen? Wie würde Lucifer darauf reagieren? Es gab so viele Ungereimtheiten, die ihm erst jetzt einfielen, dass er hätte heulen können. Aber sein Herz war leer. Er hatte die Sonne seines Lebens verloren.
Bald schon hatten sie die Donnerberge hinter sich gelassen. Der Riese wühlte sich durch den Wald. Anders konnte man die Vorgehensweise nicht benennen. Er war größer als die Bäume und ragte weit über die Kronen hinaus. Da, wo er entlang lief, hinterließ er eine tiefe Furche im Boden und zerschmetterte die Bäume. Es knackte unentwegt.

Ihr Kommen blieb nicht unbemerkt. Als sie den Hügel erreichten, auf dem die Burgruine stand, erwartete sie bereits Lucifer. Er fauchte und ein Grollen war außerdem zu hören. Oscar und Maggie standen neben ihm.

»Das ist doch Uwe«, sagt Oscar plötzlich und deutete auf die Hand des Riesen. »Er hat ihn gefangen genommen.«

»Warte, Lucifer«, rief Uwe schnell. »Ich kann dir das erklären.« Er sah zu dem Riesen. »He du, ich muss mit dem Teufel alleine sprechen, um die Situation zu erklären.«

Der Riese musterte Uwe mit einem wütenden Blick. »Glaubst du, ich bin dumm? Das kleine Vieh soll der Teufel sein? Ich glaube das nicht. Du schwindelst mich an! Wo ist der Teufel?«

»Doch, doch, das ist er. Er ist doch ein Gestaltwandler. He, Lucifer, fauche doch mal wie ein richtiger Teufel und zeige deinen bösen Blick.«

Lucifer verstand nicht, was hier gerade geschah, aber einer Eingebung folgend gebärdete er sich derartig wild, sprang in die Höhe, kratzte den Riesen am Bein und fauchte unentwegt. Der Riese schien beeindruckt und setzte Uwe tatsächlich ab. Dann ließ er sich auf den Boden fallen, dass ein Erdbeben ausgelöst wurde. Die Katzen konnten sich nicht mehr auf den Beinen halten und fielen um.

»Ich warne dich, Miezekatze«, sprach der Riese und hob seine Keule. »Wenn du mich täuscht, mache ich dich platt.«

»Nein, nein, es geht gleich los«, versprach Uwe.

Er lief zu Lucifer, der ihm ruhig entgegensah. »Ich glaube, du bist mir eine Erklärung schuldig«, sagte der Anführer der Katzen. Dann sah er an Uwe vorbei. »Wo ist Yvi?«

»Komm, ich erkläre es dir in Ruhe«, forderte Uwe ihn auf.

Lucifer zögerte, doch dann nickte er. Sie gingen zur Burgruine und wollten hinter eine Mauer treten, als eine Keule angeflogen kam und nur wenige Meter neben ihnen in den Boden einschlug.

Uwe und Lucifer wirbelten herum. »Ich will dich sehen«, schrie der Riese. »Bleib, wo du bist.«
Uwe atmete tief durch und nickte. Die übrigen Katzen kamen hinzu, denn auch sie wollten wissen, was hier geschah. Stockend berichtete Uwe, was er unter dem Lebensbaum geträumt hatte.
»Dem Luftschweinchen darfst du nicht alles glauben«, belehrte ihn Oscar. »Einem Schwein mit Flügeln kann man nicht trauen.«
»Aber es sprach die Wahrheit«, dementierte Uwe und erzählte vom Nichts hinter den Donnerbergen.
Er sah Lucifer an. Während ihn Oscar und Maggie bestürzt anschauten, blieb Lucifer ruhig. Eine Ahnung kam in Uwe auf. »Du hast es gewusst?«, riet er und traf damit ins Schwarze. Deswegen wolltest du nicht, dass wir Hohengrüntal verlassen«, stellte er erbost fest. »Was wäre gewesen, wenn ich es nicht herausgefunden hätte? Wir sind doch hier nicht auf ewig sicher?« Er lief auf und ab. »Lucifer, so sag doch endlich einmal etwas!«
Der Anführer begegnete ruhig Uwes Blick. »Ich glaube nicht, dass das Nichts den Weg über die Donnerberge schafft«, war sich Lucifer sicher. »Ja, ich habe davon gewusst, aber ...«
»Wie konntest du uns das verheimlichen?«, fragte Maggie wütend. »Wir hätten schon längst fliehen sollen. Jetzt ist der Weg durch die Siebenberge versperrt.«
»Ich bin mir sicher, dass Uwe Unrecht hat«, verteidigte sich Lucifer. »Es ist Jahre her, dass die Menschen fortgegangen sind. Und, ist etwas passiert?«
»Der Lebensbaum stirbt«, erinnerte ihn Uwe, aber Lucifer fauchte ihn an.
»Pah, das stimmt nicht. Er erstrahlt im selben Glanz wie immer!«
»Ich beweise dir das Gegenteil«, bot Uwe an. »Lass uns zum Lebensbaum gehen. Wenn du erkennst, dass ich Recht habe, wirst du meinem Plan folgen?«

»Das ist kein Plan, das ist Wahnsinn! Der Riese wird uns niemals über die Siebenberge tragen.«
»Du bist doch nur nicht einverstanden, weil du plötzlich nicht mehr der Anführer sein sollst«, behauptete Uwe. Er stellte seine Ohren auf, sein Schwanz peitschte wild hin und her. »Und du weißt auch nicht, ob Yvi tot ist oder doch überlebt hat.«
»Du willst doch nur meinen Platz einnehmen und hast Yvi auf dem Gewissen«, gab Lucifer fauchend zurück.
»Halt«, rief Oscar plötzlich und stellte sich zwischen die beiden. »Wir wissen nicht, ob Yvi tot ist«, gab er Uwe Recht. »Und wir wissen nicht, ob der Lebensbaum wirklich krank ist«, stärkte er Lucifer den Rücken. »Also lasst uns herausfinden, wie es um den Lebensbaum steht.«
Zuerst herrschte angespanntes Schweigen, doch dann nickten die beiden Kontrahenten.
Uwe ging zu dem Riesen. »Wir müssen zu dem Lebensbaum. Dort holt der Teufel sich seine Kraft her und kann mit uns den Weg zu den anderen Riesen beschreiten.«
Der Riese kratzte sich am Kopf und überlegte. »Na dann, lauf los!«, befahl er ihm.
Uwe rannte los, der Riese folgte den Katzen stampfend. Schnell hatten sie den Lebensbaum erreicht. Er leuchtete immer noch mit erhabener Schönheit. Nichts deutete auf eine Krankheit hin.
»Siehst du, ich hatte Recht«, tat Lucifer im arroganten Tonfall kund.
»Dann komm mal näher«, befahl ihm Uwe.
Die Katzen traten dichter an den Lebensbaum heran. Uwe deutete nach oben. Dort hingen die Blätter nicht mehr in solch reichhaltiger Anzahl wie vor ein paar Tagen. Als Uwe dann nach unten deutete und das Gras umknickte, konnten alle Katzen die vielen braunen Stellen sehen. Jetzt, wo sie wussten, auf was sie achten mussten, war die Krankheit überall zu sehen.

»Wie konnte das passieren?«, wollte Lucifer fassungslos wissen.
»Die Menschen waren es«, gab Uwe sein neues Wissen preis. »Dennoch ist der Lebensbaum wohl nicht sauer auf die Menschen, sondern hat sie wahrscheinlich zum Spiegelsee geschickt.«
»Das ist eine gewagte Theorie«, sagte Lucifer. Aber er sah ein, dass Uwe Recht hatte. Nun lag es an ihm, seine Gruppe vor dem Tod zu bewahren. Er sah Uwe an. »Wie willst du weiter vorgehen?«
Uwe berichtete von seinem Plan. Nicht jeder war damit einverstanden, aber sie hatten keinen Gegenvorschlag. Plötzlich kam Wind auf, Wolken zogen sich binnen weniger Augenblicke am Himmel zusammen. Es sah aus, als wollte es jeden Moment regnen und ein Grollen kam hinzu. Doch es war kein Gewitter, das sich da zusammenbraute. Es war das Grollen des Grundeligs. Er war da und ihm folgte das Nichts.

Tausend kleine Stücke

»Ich zeige dir den Weg über die Siebenberge«, sagte Lucifer zu dem Riesen, der ungeduldig mit seiner Keule spielte.
»Woher kennst du den Weg?«, wollte der Riese wissen und legte seine Keule donnernd auf dem Boden ab.
»Ich habe schon einmal einen Weg gefunden, die Siebenberge zu überqueren. Es geschah, als die Menschen ins Namenlosertal gingen.«
Das hatte keine der Katzen gewusst. Maggie und Oscar sahen ihren Anführer fragend an. Bisher hatten sie höchstens durch den Tunnel der Mäuse das Tal aufgesucht.
»Jetzt nicht«, antwortete Lucifer auf ihre unausgesprochenen Fragen. Dann wandte er sich dem Riesen wieder zu. »Die Zeit drängt, denn die anderen Riesen wollen durch den Spiegelsee verschwinden und dich allein zurücklassen. Du musst uns aber alle mitnehmen, sonst gehe ich nicht.«
Das war schließlich sein Plan gewesen. Er hatte natürlich gehofft, dass Lucifer den Weg über das Gebirge kannte, denn immerhin soll er die Menschen damals dahin geführt haben. Aber vorrangig ging es ihm darum, dass der Riese alle Katzen mitnehmen würde.
»Was?«, rief der Riese erbost.
Er stand auf, nahm seine Keule und rannte los. Nach wenigen Metern blieb er stehen, denn er hatte seinen Fehler bemerkt.
»Wie schnell seid ihr?«, wollte er wissen.
»Nicht so schnell wie du«, antwortete Uwe. »Aber wenn du uns trägst, dann werden wir ganz schnell unterwegs sein.«
Der Riese kam zurück, griff sich mit jeder Hand zwei Katzen und lief wieder los. Es gab sicherlich eine bessere Art des Reisens, aber mit einem Riesen ging es immerhin zügig voran.

»Sollten wir nicht schnell zu den Donnerbergen zurück und Yvi holen?«, fragte Uwe Lucifer.

Der Kater sah nach Westen. Schwarz war der Himmel und die Donnerberge waren nicht mehr zu sehen. »Dafür ist es zu spät. Wir müssen hoffen, dass es Yvi alleine schafft.«

Uwe gefiel die Entscheidung Lucifers nicht. Aber er hatte Recht, denn sie würden direkt ins Nichts laufen. Traurig hing er seinen Gedanken nach.

Lucifer schrie über das Knacken der umstürzenden Bäume seine Richtungsangaben und spornte den Riesen zu noch mehr Schnelligkeit an. Denn von hier aus, oberhalb der Baumkronen, sahen sie das Unheil. Dunkle Wolken zogen sich immer mehr zusammen, der Wind wurde zu einem Sturm. Bäume knickten überall um und sämtliche Gebirgszüge im Osten, Süden und Westen verschwanden unter einer schwarzen Rauchwolke. Hatten sie überhaupt noch genug Zeit?

Der Riese rannte so schnell wie noch nie in seinem Leben. Seine Keule hatte er zurückgelassen, denn sie behinderte ihn nur. Er konnte sich jederzeit aus einem Baum eine neue machen.

Am Fuße der Siebenberge angelangt dirigierte Lucifer den Riesen an gefährlichen Schluchten, tiefen Spalten und losem Geröll vorbei.

»Au«, schrie der Riese plötzlich auf und blieb stehen. Er sah hinab und erkannte eine weitere Katze, die an seiner Wade hing.

»Hallo, guter Freund«, sagte Krause freundlich. »Ich hoffe, du hast nichts gegen einen weiteren Passagier.«

Uwe fragte sich, woher der Vagabund so plötzlich gekommen war, aber er hatte keine Chance, seine Frage laut auszusprechen. Es ging bereits weiter, denn auch der Riese bekam Angst vor der schwarzen Wand, die alles verschluckte.

Unterwegs begegneten ihnen weitere Tiere. Darunter war die Maus Susi, die sich geschickt am Schwanz Krauses festhielt. Die-

ser versuchte zwar immer wieder, die Maus loszuwerden, aber er musste sich zu sehr festhalten und hatte keine Pfote frei.
Es wurde mit der Zeit immer kälter und bald liefen sie durch hohen Schnee. Ohne einmal anzuhalten, stieg der Riese immer weiter nach oben. Als er klettern musste, legte er die Katzen auf seine Schulter. »Haltet euch fest«, befahl er ihnen.
Susi nutzte die Gunst der Stunde und kletterte unter das Hemd des Riesen. Nun war sie für Krause gar nicht mehr zu erreichen.
Der Riese hing bald an einer Wand. Uwe sah hinunter in die Tiefe. Es ging mehrere hundert Meter hinab. *Hoffentlich kann der Riese klettern*, betete er. Sein Fell war mittlerweile weiß, denn es hatte begonnen zu schneien. Alle Katzen sahen nun gleich aus und versuchten, sich so gut es ging festzuhalten.
Der Riese erreichte mit letzter Kraft den Pass. Auf der anderen Seite erwartete sie ebenfalls eine dunkle Wand. Das Nichts war bis hierher vorgedrungen, aber der Spiegelsee war noch klar zu erkennen.
Ein Schrei ließ den Riesen herum wirbeln. Vögel flogen im Hohengrüntal panisch auf. Aber der Schrei war nicht von ihnen gekommen. Der Lebensbaum war von hier oben zu erkennen. Er strahlte wie ein Leuchtfeuer vor dem dunklen Hintergrund. Dann flackerte sein Licht, ging kurz aus und dann schien der Baum zu explodieren. Ein gleißend helles Licht breitete sich vom Lebensbaum rasend schnell aus und erreichte in wenigen Augenblicken die Reisenden. Eine Druckwelle kam hinzu und riss den Riesen von den Füßen. Die Katzen fielen in den Schnee und konnten sich nur mühsam daraus befreien. Dann rannten sie zur Klippe, um das Hohengrüntal zu sehen. Auf Oscars Kopf hatte es sich Susi bequem gemacht.
Die Bäume, die noch standen, verloren ihre Blätter, dann ging Ast für Ast zu Boden. Die Wiesen wurden braun, die Blumen starben. Der Lebensbaum war nicht mehr zu sehen.

Maggie weinte so sehr, dass Lucifer sie umarmen musste. »Es ist alles weg«, schluchzte sie. »Unser Zuhause wurde uns genommen. Was sollen wir nur tun? Wo sollen wir hin?«
Selbst dem Riesen ging der Anblick des sterbenden Hohengrüntals nahe. »Das war eine Lüge, oder?«, wollte er wissen, griff Uwe am Nacken und hob ihn vor sein Gesicht. »Hier gibt es keine Riesen? Du hast mich angelogen, damit ich euch über die Siebenberge bringe, stimmt's?«
»Du siehst zwar dumm aus, bist es aber nicht«, musste Uwe zugeben. »Ja, ich habe dich angelogen. Ohne deine Hilfe wären wir nie so schnell über die Siebenberge gekommen.«
»Was wollt ihr hier? Im Namenlosertal wütet der Grundelig«, erklärte der Riese.
»Der Spiegelsee wird mich nach Hause bringen, in die Neue Welt. Du kannst mitkommen, wenn du magst. Dort sind wir in Sicherheit.«
Ob Wiesenburg einen Riesen verkraften kann?, fragte sich Uwe. Er würde es herausfinden, aber nur, wenn sie sich jetzt auf den Weg machten. Das sagte er auch dem Riesen.
Er nahm alle Katzen und auch die Maus auf seine Schulter und rannte auf der anderen Seite der Siebenberge hinab. Das Namenlosertal war schnell erreicht und der Spiegelsee lag fast vor ihnen. Aber es schien, als ob das Schicksal gegen sie gewettet hätte, denn plötzlich tauchte der Grundelig auf.
Er war fast so groß wie der Riese, knurrte wie ein Hund, sah aber immer noch aus wie eine zu groß geratene Katze. Der Riese wollte nach seiner Keule greifen, doch er hatte sie nicht dabei. Weit und breit stand kein Baum, aus dem er sich eine Waffe hätte machen können.
»Komm her!«, forderte er den Grundelig auf.

Dieser kam langsam auf die Gruppe zu. Der Riese nahm die Katzen von seiner Schulter und setzte sie behutsam auf den Boden. »Lauft zum Spiegelsee. Ich halte ihn auf.«
Damit hatte Uwe nicht gerechnet. Krause lief als Erster los, tauchte unter dem schnappenden Gebiss des Grundelig hindurch und rannte auf den Spiegelsee zu. Er stieß sich vom Ufer ab und sprang in das Wasser. Seine hektischen Bewegungen verursachten große Wellen. Doch dann kam ein Licht hinzu, das sich von der Mitte des Sees ausbreitete. Die Wellen wurden kleiner und regelmäßiger. Krause wurde von dem Licht eingeschlossen und ging im Wasser unter.
»Ist er jetzt ertrunken oder in die Neue Welt gegangen?«, fragte Maggie.
Sie wollte ebenfalls zum Spiegelsee laufen, aber der Grundelig versperrte allen den Weg. Das Nichts war nur noch wenige Meter vom See entfernt und es kam nun auch von den Siebenbergen. Zuerst war es nur schwacher Rauch, der von den Gipfeln ins Namenlosertal drang, doch der Rauch wurde dichter, und bald schon verschlang er die ersten Gipfel. Am Himmel sah es genauso aus und bald war nichts mehr von den Bergen zu erkennen. Sie waren eingeschlossen.

Mit einem Fauchen sprang der Grundelig auf den Riesen zu. Er grub seine Krallen so tief in dessen Arme, dass der Riese schmerzerfüllt aufschrie. »Nun lauft schon!«, forderte er die Katzen erneut auf.
Maggie war auf dem Weg, aber die anderen folgten ihr nicht. Lucifer rannte zu dem Riesen, sprang auf seinen Kopf, um dann den Grundelig zu erreichen. Auf dessen Rücken angekommen, kratzte und biss er in dessen Haut. Es war ein fürchterlicher Kampf, denn das Fell des Grundelig war borstig und schnitt tief in Lucifers Pfoten ein.

Uwe folgte seinem Beispiel und sprang ebenfalls auf den Rücken des Grundeligs. Gemeinsam konnten sie mehr Schaden anrichten. Maggie nahm sich den Kopf des Ungeheuers vor und kratzte immer wieder auf dessen Nase herum. So sehr sie dem Riesen helfen wollten, behinderten sie ihn doch sehr, denn er musste mit seinen Faustschlägen aufpassen, wo er das Monster traf. Er wollte nicht eine der Katzen totschlagen.
Die Maus Susi suchte im verdorrten Gras nach spitzen Stöcken. Als sie welche fand, nahm sie diese mit und stellte sich vor den Grundelig. Wann immer er seine Pfote zu Boden sausen ließ, kam sie schnell heran und bohrte ihm einen Splitter hinein. Anfänglich bemerkte der Grundelig dies gar nicht, aber je mehr es wurden, desto schmerzhafter wurde jedes Auftreten, denn er rammte sich die Holzstücken immer tiefer in die Pfote.
Der Riese blutete bereits aus einigen Wunden, aber er wollte nicht aufgeben, denn auch der Grundelig sah übel mitgenommen aus. Doch würde es reichen? Er sah aus den Augenwinkeln, wie das Nichts immer näher kam.
»Gurr, gurr«, war plötzlich zu hören. Kleine Steine prasselten auf den Grundelig ein.
»Nimm dies, du Ungeheuer«, rief grunzend eine wohl bekannte Stimme.
Uwe sah nach oben. Dort flogen Henriette, die Taube, und das Luftschweinchen. Sie bewarfen den Grundelig mit Steinen.
»Komm, mach weiter«, forderte ihn eine weibliche Stimme auf. Es war aber nicht Maggie gewesen.
Uwe wirbelte herum und sah in die wunderschönen blaugrauen Augen seiner Yvi. »Du lebst«, sagte er fassungslos und umarmte sie. Dabei vergaß er ganz, wo er sich eigentlich befand: auf dem Rücken des Grundeligs. Dieser gebärdete sich wild, und beinahe wären Uwe und Yvi von seinem Rücken gefallen.

»Wie bist du hierher gekommen?«, wollte er wissen, als er sich wieder aufgerichtet hatte.
»Das Luftschweinchen hat mich über die Berge gebracht.« Ihr Blick wurde traurig, als sie zu den Siebenbergen sah. Sie waren verschwunden. »Das Nichts holte uns ein, aber da half uns der Lebensbaum und schickte sein letztes Licht.«
»Das war die Druckwelle?«, erkannte Uwe und Yvi nickte.
»Ja. Ich habe das Nichts gespürt. Es ist das Ende von allem. Wir sollten von hier verschwinden.«
Der Kampf ging weiter. Allein hätte jede Katze, Maus, Taube oder Luftschweinchen nichts gegen den Grundelig ausrichten können, aber gemeinsam konnten sie ihn an verschiedenen Stellen angreifen.
Doch zu Boden ging der Grundelig erst, als das Schwein Stena in ihrem Ei heran gekullert kam. Das Monster trat auf das Ei, rutschte darauf aus und fiel der Länge nach hin. Dabei wurde das Ei zerstört, Stena aber konnte sich retten.
Der Riese stand auf, boxte dem Grundelig seine Faust in den Magen, griff sich alle umstehenden Tiere und rannte zum See. Große Steine flogen an ihnen vorbei und trafen den Grundelig.
»Hühnerlultasch«, sagte Lucifer erfreut. als er seinen Freund auf der anderen Seite des Sees entdeckte. Er deutete auf den Spiegelsee. »Spring hinein und rette dich.«
Der Grundelig hatte sich wieder erhoben und rannte auf den Riesen mit den Tieren zu. Da warf der Hühnerlulatsch den größten Felsen, den er tragen konnte. Das Monster wurde getroffen und einige Meter weit durch die Luft geschleudert. Sofort sprang es wieder auf, aber so schaffte der Riese den Weg bis zum Spiegelsee.
»Ich hoffe, du hast Recht, Miezekatze«, sagte er und sprang in das Wasser.

Der Grundelig kam herbei und versuchte, mit seiner Pranke den Riesen zu greifen, aber er konnte ihm nur einen tiefen Kratzer am Rücken verpassen.
Der Hühnerlulatsch sprang von der anderen Seite in den See und hielt sich am Riesen fest. Dann war das Nichts heran und hüllte die Ufer des Spiegelsees ein.
Oscar sah auf die Wasseroberfläche. »Huch, wer ist das?«, fragte er erschrocken und krallte sich am Riesen fest.
»Das ist dein Spiegelbild«, antwortete Lucifer. »Dass du dich immer davor erschrecken musst!«
Der Riese schwamm mittlerweile im Wasser, denn er hatte keinen Grund mehr unter den Füßen. Der Grundelig fauchte und lief am Ufer auf und ab. Das Nichts hüllte ihn ein, dass bald nur noch seine Augen zu sehen waren. Einst waren sie schwarz gewesen, doch nun leuchteten sie gelblich auf.
»Ihr könnt mir nicht entkommen«, grollte er, nahm Schwung und sprang in den See.
»Warum kommt das Licht nicht?«, schrie Yvi panisch. Ohne das Licht gab es keine Rettung.
Der Grundelig schwamm auf sie zu. Das Nichts hatte das Ufer bereits verschluckt und kam immer näher. Hass und Leid verpesteten den See. Der Tod kam auf leisen Sohlen.
»Wir sind verloren«, war sich Uwe sicher.
»Erst, wenn es vorbei ist«, sagte Yvi und küsste ihn.
In dem Moment tauchte der Riese unter. Der Grundelig folgte und schnappte nach seinem Arm. Er bekam ihn auch zu fassen und versuchte, ihn wieder an die Wasseroberfläche zu ziehen.
Die Atemnot der Reisenden wurde unerträglich. Sie beobachteten ängstlich den letzten Kampf der Alten Welt und sahen nicht das Licht, dass vom Grund des Spiegelsees emporstieg.
Bald hatte es den Riesen erreicht. Yvi sah es als Erste und schöpfte Hoffnung, doch die Zeit war abgelaufen, die Alte Welt starb

und ihr letzter Herzschlag durchdrang jede lebende Kreatur. Dann kam der Weltenschmied, nahm seinen Hammer und zerbrach die Alte Welt in tausend kleine Stücke.

Neue Welt und alte Erinnerungen

»Sieh, ein Sternschnuppenregen«, freute sich eine große Frau mit langen blonden Haaren.

Es war eine laue Sommernacht, weshalb sie um Mitternacht immer noch hier saß. Sie hatte unruhig in ihrem Bett gelegen, warf sich von einer Seite auf die andere. Ständig hatte sie das Gefühl, als wenn etwas in ihrem Kopf hämmern würde. Aber sie hatte keine Kopfschmerzen. Schließlich war sie aufgestanden und hatte sich in den Garten gesetzt. Das war nun zwei Stunden her.

»Ja, du hast Recht«, stimmte der schwarzhaarige Mann neben ihr zu.

Die Frau sah ihn mit ihren blaugrauen Augen an. Er liebte diesen leicht verschwommenen Blick von ihr, wenn sie sich freute und ihr ganzes Gesicht lachte.

»Du darfst dir etwas wünschen, Yvi«, sagte Uwe und wartete gespannt.

»Ich darf es dir doch aber nicht sagen«, nahm sie ihm gleich die Hoffnung, dass sie ihren Wunsch verraten würde.

»Schade«, sagte er. Dann sah er wieder zum Himmel hinauf.

Bildete er sich das nur ein, oder waren da etwa mehr Sterne am Himmel dazu gekommen? Und dieser eine Stern? Er schien so hell am Sternenzelt, inmitten des Großen Wagens.

»Planetenwerkstatt«, murmelte er.

»Was sagst du da?«, wollte Yvi wissen.

Uwe schüttelte sich. »Ähm, keine Ahnung. Irgend so ein Unsinn mal wieder.«

Warum hatte er das gesagt? Planetenwerkstatt? Im selben Moment fielen ihm Begriffe wie Luftschweinchen, Arschbumms-

killertaube und Grundelig ein. Und noch etwas kam hinzu: Der unbändige Wunsch, eine Katze haben zu wollen.
Uwe nahm seine Malzbierflasche. *Da ist eigentlich kein Alkohol drin*, dachte er. Vielleicht verlor er den Verstand, denn immerhin hatte er sich am Morgen den Kopf gestoßen und war bewusstlos zusammengebrochen. Als er aufgewacht war und Yvi vor ihm stand, war es ihm, als sehe er sie zum ersten Mal. Doch viel schlimmer war, das er sie doch tatsächlich gefragt hatte, warum sie denn keine Katze mehr sei.
»Ich muss ins Bett«, sagte er und stand auf.
»Willst du nicht den Sternschnuppenregen mit anschauen?«, bat ihn Yvi.
Uwe sah zum Himmel. Die Sternschnuppen waren immer noch unterwegs. *Der Weltenschmied hat gerade eine Welt mit dem Hammer zerschlagen*, dachte er. *Und nun entstehen tausende neue Sterne.*
»Ich muss wirklich ins Bett, Mieze«, lehnte er Yvis Bitte ab.
»Wie nennst du mich?«, wollte sie überrascht wissen.
»Oh, entschuldige. Das ist mir so heraus gerutscht.« Er gab ihr einen langen Kuss. Es schien ihm, als würde er sie zum ersten Mal küssen. Das ergab alles keinen Sinn.
»Dann geh, ich bleibe noch draußen.«
Uwe ging in das Haus zurück. Er war mit der Sanierung des Hauses heute nicht sehr weit gekommen. Seine Erinnerung reichte auch nicht weit zurück. Er wusste nur, dass er am Haus gearbeitet hatte. Dann war da ein Licht gewesen und eine Katze mit blaugrauen Augen, wie sie seine Yvi hatte. Wenn Yvi eine Katze wäre, dann würde sie so aussehen. Irgendetwas war passiert, ein Sog hatte ihn erfasst, und dann wusste er nichts mehr.
»Ich bin bestimmt überarbeitet«, murmelte er sich eine Erklärung zusammen. »Yvi ist keine Katze und schwebt auch nicht in der Luft. Weltenschmied! Ich sollte nicht so viel Fernsehen schauen.«

Er ging ins Bett und schlief sofort ein. Sein Traum zog ihn in eine phantastische Welt mit einer Burgruine, einem silbernen Lebensbaum und vier Katzen. Er fühlte sich wohl und genoss die Zeit im Hohengrüntal.
»Komm schon, kleines Kätzchen«, rief Uwe das Fellbündel, dass mehrere Meter in einen Schacht gefallen war. Es war genauso grau wie der Boden.
Offenbar hatte die Katzenmutter ihre Jungen umher getragen, und eines war dabei in den Schacht gefallen. Zum Glück war dieses Unglück beobachtet worden und nun saß Uwe in Fredersdorf, um die Katze zu retten. Er wollte unbedingt eine haben und die Besitzerin berichtete ihm von einem Katzenbaby im Schacht. Wenn er es retten würde, dann würde es ihm gehören.
Eine Leiter wurde organisiert und Uwe stieg in den Schacht. Das kleine Fellbündel versuchte, davon zu kriechen, aber Uwe nahm es einfach auf und legte es auf seine Hand. Es war so klein, dass es kaum seine Handfläche ausfüllte.
Ein klägliches »Miau« kam von dem Katzenbaby. Uwe kletterte wieder hinauf. Jetzt hatte er endlich eine Katze. Seit Wochen suchte er nach der richtigen. Aber jedes Mal, wenn er sich eine Katze anschaute, lehnte er diese ab. Er wusste nicht, welche Katze er wollte und hatte schon fast die Hoffnung aufgegeben.
Schnell fuhr er nach Wiesenburg zurück. Zuhause angekommen zeigte er Yvi den neuen Bewohner.
»Ist der niedlich«, sagte sie und freute sich. »Wir müssen ihm vom Dreck befreien. Ich bin gespannt, wie er darunter aussieht.«
Vorsichtig wuschen sie ihm den Dreck ab. Darunter kam ein schwarzes Fell zum Vorschein, weiße Pfoten und eine weiße Brust. Das Katzenbaby hatte blaue Augen und es war noch blind.
»Welchen Namen geben wir ihm?«, wollte Yvi wissen.
»Lass mal überlegen«, meinte Uwe, hob den kleinen Kater hoch und sah ihn an.

Als er in diese blauen Augen schaute schien es ihm, als ob er ihn kennen würde. Und er wusste, dass das kleine graue Fellbündel nicht die einzige Katze bleiben würde, die den Weg zu ihm fand. Aber woher nur hatte er die Namen Maggie, Oscar, Lucifer und Krause im Kopf? Vier Katzen würde er sich ganz bestimmt nicht ins Haus holen.
»Erst wenn Schweine fliegen können«, murmelte er und wickelte Lucifer in seinen Pullover.
»Ich kann fliegen, ich kann fliegen«, hörte er plötzlich eine grunzende Stimme. Er blickte aus dem Fenster und sah da ein ... Schwein vorbei fliegen.
Beinahne hätte er den Kater losgelassen. Dieser fauchte ihn an, als müsse er seinen Unmut laut kundtun. Und da wusste Uwe, wie er ihn nennen sollte. »Du heißt ab sofort Lucifer!«

Die Zeit verging und innerhalb von fünf Monaten gesellten sich zwei weitere Katzen zu Uwe und Yvi. Lucifer war sehr anhänglich. Vor allem Uwe wich er nicht von der Seite. Anfänglich trug ihn Uwe unter seinem Pullover, denn der Kater rannte gegen jede Wand und fiel mehrfach vom Tisch. Er konnte nichts sehen, und diese Hilflosigkeit schmerzte Uwe sehr. Also trug er ihn immer bei sich und das schmiedete eine enge Beziehung zwischen den beiden.
Yvi brauchte auch dringend eine Katze für sich. Darum kam Oscar zu ihnen. Er war sehr auf Yvi fixiert und liebte es, sich von ihr streicheln zu lassen. Lucifer mochte Streicheinheiten nicht so sehr. Die beiden Kater kamen sehr gut miteinander aus. Oscar benutzte Lucifer oftmals als Kopfkissen und dieser ließ es widerstandslos mit sich geschehen.
Eine dritte Katze kam hinzu: Maggie. Eine wunderschöne Siamkatze mit braunem Fell brachte die Köpfe der Kater gehörig durcheinander. Vor allem Lucifer fand Gefallen an ihr.

Oscar spielte den Dummkopf. Er rannte gegen Wände, schubste den Wassernapf um und jagte seinen eigenen Schwanz. Wenn er sein Wohlwollen kundtat, dann schnurrte er nicht wie eine normale Katze. Nein, Oscar gurrte wie eine Taube.
Aber manchmal verschwand er für mehrere Tage. Dann war er bei einer weißen Katze namens Lily, in die er sich hoffnungslos verliebt hatte. Aber das war sein kleines Geheimnis.
Als Uwe eines Tages die Tür öffnete, saß ein Kater mit schwarzweißem Fell vor ihm. Er sah abgemagert aus und schien zu betteln. Uwe konnte ihn nicht abweisen, ließ ihn ins Haus und gab ihm etwas zu fressen. Als Lucifer und Oscar den Eindringling sahen, fauchten sie ihn an.
»Was ist denn los mit euch?«, wollte Uwe wissen. »Was habt ihr denn gegen Krause?«
Er hatte dem Kater den Namen eines Vagabunden aus dem Fläming gegeben. Immerhin sah der Kater so aus, als wäre er als Landstreicher unterwegs und würde sich durchschnorren.
Das Fauchen nahm kein Ende und so sperrte Uwe die beiden anderen Kater aus. »Friss dich nur satt«, sagte er zu Krause.
Seitdem kam der Vagabund regelmäßig zu Uwe und wurde gefüttert.

Viele Jahre später lagen die drei Katzen Lucifer, Maggie und Oscar auf der Wiese im Garten und schliefen. Plötzlich fiel ein Schatten auf sie. Lucifer sah nach oben und erkannte ein Schweinchen, dass Flügel hatte und nur wenige Meter über ihnen flog. Es landete, sah alle drei Katzen an und lächelte.
»Ihr könnt euch nicht erinnern?«, fragte es quiekend.
Keine Reaktion erfolgte. Das Luftschweinchen griff hinter sich und holte eine Berla hervor. Diese hatte ihre Blüten noch geschlossen, doch als das Luftschweinchen die Blüten berührte, öffneten sich diese und vier Lichtkugeln schwebten aus dem Blü-

tenkelch empor. Eine davon flog davon, die drei anderen senkten sich auf die Köpfe der Katzen nieder.
Wie von einem Schlag getroffen fielen alle drei um. Doch ihre Bewusstlosigkeit dauerte nur wenige Augenblicke.
»Luftschweinchen«, erkannte ihn Lucifer, als er als Erster die Augen aufschlug. Er sah sich um. Maggie und Oscar erwachten gerade.
»Wir leben«, sagte Maggie verwundert. »Ich dachte, wir würden sterben, als der Grundelig uns in den Spiegelsee gefolgt ist.«
»Die Magie des Lebensbaumes brachte euch hierher«, erklärte das Luftschweinchen.
»Und Krause ist auch da«, beschwerte sich Oscar, der zur Hecke sah.
Der Vagabund lief auf sie zu und blieb neben dem Luftschweinchen stehen.
»Endlich habe ich meine Erinnerung wieder«, sagte er und gähnte. »Nach einem solch langen Nickerchen könnte ich etwas zu fressen vertragen.«
»Verschwinde«, fauchte ihn Oscar an. »Du hast hier nichts verloren.«
Krause gehorchte tatsächlich. Er drehte sich um und trottete davon. »Ich bekomme schon mein Fressen«, war er sich sicher, dann verschwand er in der Hecke.
»Uwe ist wieder ein Mensch geworden«, erinnerte sich Lucifer. Er konnte sich an sein Leben in der Alten Welt genauso erinnern wie an jenes hier in Wiesenburg.
»Und Yvis sehnlichster Wunsch hat sich erfüllt«, erkannte Oscar. »Darum mag ich diese Frau so sehr.«
»Werden die Menschen diese Welt genauso zerstören und den Grundelig erschaffen?«, wollte Maggie ängstlich wissen.
»Das kann man nicht wissen, meine Liebe«, antwortete jemand. Aber es war nicht das Luftschweinchen.

Es gab einen Knall und plötzlich stand der Kobold vor ihnen. »Der Lebensbaum gab den Menschen eine zweite Chance. Es liegt an ihnen, wie sie diese nutzen.«
»Wo steht der Lebensbaum?«, wollte Lucifer wissen.
»Er ist nicht so offensichtlich zu sehen wie in der Alten Welt. Nur Wissende und Menschen mit einem reinen Herzen können ihn sehen. So schützt er sich.«
Der Kobold schnippte mit den Fingern und plötzlich war Henriette da.
»Du hast auch überlebt«, freute sich Oscar.
»Gurr, gurr«, antwortete die Taube. »Ich habe jemanden mitgebracht, gurr.«
Sie breitete ihren rechten Flügel aus und da rutschte Susi hinab. »Hallo Freunde«, piepste sie und lief aufgeregt umher. »Das war ja ein Abenteuer. Muss ich nicht noch einmal haben. Geht es euch gut?« Sie rannte zu Oscar und kletterte auf seinen Kopf.
»Ja, wir haben ein schönes neues Zuhause gefunden«, sagte der Kater. »Bleibst du auch hier?«
»Mal sehen«, antwortete Susi. Dann beugte sie sich über sein Ohr, damit nur er ihre folgenden Worte hören konnte. »Ich freue mich, dass du Lily wiedergefunden hast. Du kannst den Dummkopf jetzt sein lassen.«
Oscar überlegte kurz, schüttelte dann aber vorsichtig den Kopf. »Nein, es passt mir so ganz gut.«
Susi kletterte wieder hinab. »Wie du willst.« Dann sah sie alle drei Katzen, das Luftschweinchen und schließlich den Kobold an. »Wo hast du denn jetzt deinen Topf voller Gold versteckt?«, wollte sie wissen.
Er deutete zum Himmel. Da bildete sich gerade ein Regenbogen. »Am Ende vom Regenbogen steht mein Topf. Und die Men-

schen jagen dem tatsächlich hinterher. Das ist immer wieder ein riesiger Spaß.«

»Was ist aus dem Riesen geworden?«, wollte Oscar wissen. »Er hat uns immerhin geholfen.«

»Riesen sind ja nicht zu übersehen«, erklärte der Kobold. »Er hat überlebt, keine Sorge. Der Lebensbaum brachte ihn in ein Gebirge. Aber da hat es ihm nicht gefallen. Er suchte nach weiteren Riesen und durchquerte die Welt. Darum gibt es hier so viele Geschichte von Riesen, welche Steine umherwerfen. Es hieß immer, dies sei nur der Phantasie einzelner Menschen geschuldet. Keiner wollte es sich eingestehen, dass es Riesen geben könnte.«

»Und wo ist nun der Riese abgeblieben? Ich würde mich gern bei ihm bedanken. Ohne ihn hätten wir es nicht geschafft«, sagte Lucifer.

»Der Riese ist mit einer großen Bohnenleiter in den Himmel aufgestiegen. Und was sagt man dazu: Dort leben die Riesen der Neuen Welt. Er freute sich sehr, diese zu sehen.«

»Kämpfen sie immer noch gegeneinander?«

»Ja«, erklärte der Kobold und zog eine Pfeife aus seiner Tasche. »Meistens tun sie es, wenn sich Regenwolken bilden. Dann ist es eine herrlich nasse Angelegenheit und die Keulen krachen aufeinander. Es blitzt oftmals dabei, eine besondere Eigenart der hiesigen Keulen.«

»Dann ist ein Gewitter nicht mehr als der Kampf zweier Riesen?«, wollte Maggie genauer wissen.

»Was heißt ›nicht mehr‹?«, meinte der Kobold. »Manchmal sind sie wirklich ziemlich aggressiv unterwegs. Aber ja, meine Liebe, ein Gewitter ist der Kampf zweier Riesen.«

Sie unterhielten sich noch eine ganze Weile. Henriette flog irgendwann davon, um ihrem Ruf gerecht zu werden. Susi baute sich ein neues Nest im Haus von Uwe. Doch der Mann bekam davon nichts mit.

Der Kobold verabschiedete sich mit den Worten, bald wiederzukommen, und nahm das Luftschweinchen mit. Dann waren die drei Katzen allein. Sie schwelgten in Erinnerungen und sprachen über manches Abenteuer.

Als es Abend wurde, kamen Uwe und Yvi in den Garten. Uwe stockte mitten im Schritt. Er sah die drei Katzen an. Irgendwie wirkten sie verändert. Und auch Yvi spürte etwas in der Luft, dass sie nicht benennen konnte.

»Hohengrüntal«, sagte beide wie aus einem Mund.

Mit diesem Wort war das Gefühl von Heimat verbunden. Yvi spürte es ganz deutlich. Plötzlich sah sie die Katzen mit anderen Augen, genauso wie Uwe. Die Bindung der fünf wurde noch stärker, obwohl sich das die Menschen nicht erklären konnten.

Epilog

»Tu mir den Gefallen«, bat Krause die Taube Henriette. »Bitte, bitte, bitte.«

»Gurr, nein, gurr«, sagte diese und schaute demonstrativ in eine andere Richtung.

Sie saß auf einem Ast, wo es sich noch andere Tauben bequem gemacht hatten. Unten auf der Wiese saß Krause und sah zu ihr hinauf.

»Du hast es doch im Hohengrüntal auch getan. Gib mir eine Taube«, bettelte Krause weiter.

»Vielleicht mag ich das nicht mehr tun, gurr?«, fragte ihn Henriette. »Vielleicht werde ich eine nette Taube, gurr?«

Krause lachte. »Das glaube ich nicht. Wenn du mir behilflich bist, dann zeige ich dir die leckersten Körner auf der ganzen Welt«, schlug der Vagabund vor.

Henriette sah den Kater nun doch an. »Die leckersten Körner, gurr?«, fragte sie nach.

Der Kater nickte. »Ja. Und sie werden nur dir gehören.«

Henriette überlegte. Dann tippelte sie nach rechts, wo eine Taube schlief. Sie hatte ihren Kopf zwischen die Flügel gesteckt und bekam nicht mit, was um sie herum geschah.

»Aber nur eine«, erklärte Henriette.

»Das reicht mir«, bestätigte Krause und wartete begierig.

Henriette holte mit ihrem Hintern Schwung und schubste die Taube vom Ast. Schreiend fiel diese zu Boden und wurde sofort von Krause gepackt.

»Gefällt mir hier, gurr«, meinte Henriette und nickte ständig mit dem Kopf. »Muss mir nur noch Kopfhörer besorgen. Dann bin ich auch ... cool und bereit, für ein neues Abenteuer. Wer sagt denn, dass der Grundelig besiegt ist? Eine Neue Welt, ein neuer Grundelig und ich bin die einzige Arschbummskillertaube weit und breit. Gurr!«